茨木野 ibarakino
[イラスト] 一乃ゆゆ

高校生WEB作家のモテ生活 2
「じゃあ全員と付き合っちゃえば」なんて人気声優が言いだしたのでハーレム開始

koukousei WEB
sakka no moteseikatsu

うれしいな！
勇太君と二人きり。
夏休みはツアーで会えないから
いまのうちに――

「えへへ～♡　勇太君
せーぶんをほきゅー♡」

これね、
勇太にみせるためだけに
買ってきたんだから。

「だからその……
(この水着)どうよ?」

CONTENTS

koukousei WEB
sakka no moteseikatsu

高校生WEB作家のモテ生活 2

「じゃあ全員と付き合っちゃえば」なんて
人気声優が言いだしたのでハーレム開始

茨木野

GA文庫

カバー・口絵　本文イラスト
一乃ゆゆ

プロローグ　せっかくの夏休みなのにぃ〜…勇太君に会えないしょっくぅ〜…

私、駒ヶ根《こまがね》由梨恵《ゆりえ》。十七歳で、声優やってます！

七月の下旬、世間では夏休み。

今日は都内のスタジオで収録をしてるの。マイクの前に立って声を当てる。それが私のお仕事！

「『おれたちは立ち止まれないんだ……死んだレイさんの想いを背負《せお》って、前に進んでいかないといけないんだ！』」

画面に映《うつ》っているのは、アニメの映像。デジタル・マスターズ。通称、デジマス。その主人公のリョウに声を当ててるのが、この私なの。

声優お仕事、大好き！　大好きな作品に命を吹き込む、そんなところが大好き！

「はいおっけーでーす！」

ＯＫが出た！　やった！　一発で通ったよ！

「今日の収録はこれでおしまいです」

音声監督さんからそう言われて、今日のお仕事は終了！

「おつかれさまでしたっ」

私はほかの声優さんたちに頭を下げて、走ってスタジオの外へ出ようとする。

「あー、由梨恵ちゃん」

背の高い男性声優さんが、私に声をかけてきた。ん？　なんだろ。

「よかったこれから、おれとご飯でも……どう？」

なるほど、ご飯のお誘いか！

「ごめんなさい！」

「え？」

「用事があるのでー！」

せっかく誘ってもらえたのに申し訳ない！　でももっと重要な約束がある！　ごめんね！

声優さんは目をぱちくりさせた後、気まずそうに言う。

「そ、そっか……じゃ、じゃあまた今度」

「はい！　では！」

今度予定があいたときにご飯いこう！

私は音声監督さんたちに挨拶《あいさつ》をして、超特急でスタジオを後にする！

「こら、待ちなさいユリ」

めがねをかけた女性が、私の襟首《えりくび》を摑《つか》む。

「どうしたの、マネちゃん？」

この人は私のマネージャー！　いろんなスケジュールを管理してくれる人。お疲れ様です！

「どこいくのよユリ」

「勇太《ゆうた》君のおうち！」

「ああ、あなたが最近仲良くしてる子ね」

「うん！」

上松《あげまつ》勇太君。高校生だけど、小説家もやってるすっごい人なんだー！

そして私の……えへへ♡　大好きな人！

「今日ね、勇太君の家で流しソーメンするんだって！　よかったら一緒にどうって言われたから、いくの！　じゃ！」

走り出そうとする私の襟首を、マネちゃんがまた摑む。

「だめよ」

「えー……なんでー？」

勇太君に会いたいのにっ。早く会いたいのにー！

「あなた、これから取材でしょ」

「えー……取材ぃ〜？」

マネちゃんが鞄《かばん》から分厚い手帳を取り出す。

「今日は十九時からアニメ雑誌の取材、二十時半からゲームの収録、二十二時からボイトレ、二十三時に帰宅……でしょ」

うー……ううー……なんだその過密スケジュールはぁ！

「勇太君ちに行ってる暇《ひま》ないじゃん！」

なんてこった！　今日に限ってこんなに忙《いそが》しいなんて！

……うう、でもお仕事投げ出すわけにはいかないよね。

「勇太君に、明日ご飯いくって連絡するかぁ……」

マネちゃんはため息をついて言う。

「明日も無理《むり》よ」

「え～～～～～～～～～～～～～～～!?」

廊下《ろうか》に私の声が響く。みんながこっちを振り向いて、なんか微笑《ほほえ》ましい顔を向けてきた。

「どうしてマネちゃん！」

「明日からツアーでしょうが。デジマスの声優イベントの」

「あー……そうかぁ……」

それも……大事なお仕事。大好きなデジマスを、たくさんの人に知ってもらう……とても重要なお仕事。投げ出したくない……けど、けどぉ～……。

「……マネちゃん、ちなみに今週の予定は？」

「こんなふうになってるわ」

ば、とスケジュール帳を私に見せてくる。細かい文字でびっしりと、予定が書かれていた。

七月から八月にかけて、ほぼ隙間《すきま》ない……。

「うう——……休み……休みは……いずこ……」

「そんなのないわよ」

「ぶらっくきぎょうだー……」

しょぼくれる私の肩を、マネちゃんがぽんと叩《たた》く。

「ユリには悪いけど、今年の夏はめいっぱいスケジュール詰《つ》めておいたわ」

「え〜……なぁんで？　いつもはもうちょっと休みあるのにぃ〜」

「今年はせっかくデジマスっていうビッグタイトルの主役に抜擢《ばってき》されたのよ？　ユリは今世間から注目が集まってる。この夏がさらにブレイクするチャンスなの。わかってちょうだい」

マネちゃんは、いつだって私のためを思って、お仕事をとってきてくれる。

いじわるでスケジュール詰めたわけじゃないのは、わかってる。わかってるけどぉ……。

「うー……そんな忙しくなくていいよぉ……」

「だめ。あなたは天才。みんながあなたに期待してる。その期待に応《こた》えるのがプロというものよ」

だってこれじゃあ、大好きな勇太君と遊ぶ時間、ほとんどないじゃない……。はふん……。

私はマネちゃんと一緒にタクシーに乗る。

ラインで勇太君に、ご飯いけなくなったことを連絡する。

『気にしないで、またね』

勇太君からのレス。はぁ……うう……はぁ……会いたいよぉ……。

「せっかくの夏休みなのにぃ〜……勇太君に会えないしょっくぅ〜……」

私、駒ヶ根由梨恵。大好きな人がいます。でも夏休みは忙しくて会えない。大ショック！

第1章　いーなー、みんなでお泊まりだなんてー！

koukousei WEB sakka no moteseikatsu | CAPTER 01

期末テスト・終業式が終《お》わって、今日から夏休み。

僕、上松勇太《あげまつゆうた》、十七歳。職業は高校生で、小説家をやっている。

夜、僕はパソコンの前でウェブ小説を書いていた。小説投稿サイト、『小説家になろう』で、ファンタジー小説を主に書いている。

「うーん……こんなもんかなぁ」

主人公のリョウが、同期の女の子を助けて告《こく》られるところまで書いた。これであとはアップロードするだけ。

「おにーちゃーん」

部屋のドアが開くと、僕の妹、詩子《うたこ》が入ってきた。

「どうしたの？」

「アイス食べるー？　お父さんがお土産《みやげ》に買ってきたんだー」

「うん、食べる食べる」

アップロードは食べた後でいいか。僕は立ち上がって詩子と一緒に一階に降《お》りる。

リビングへ行くと、ソファでぐでーっとしている父さんがいた。

「お帰り」

「おお！　勇太ぁ……！　ただいまー！」

僕の父さん、上松庄司《しょうじ》。編集者であり、出版社で働いている。一見めがねをかけた普通のおじさんって感じだけど、僕らのために遅《おそ》くまで働いてくれてる、すごい人。

「遅かったね」

「うん。まあ夏休みだからねぇ。イベントが控《ひか》えてて大変でさぁ」

七月の下旬、世間では夏休みになっているところも多い。かくいう僕も明日から夏休みだ。

「夏コミもあるし、音楽フェスもあるし、この業界人にとっては一番忙《いそが》しい時期なのさ」

「あー……そっか、やっぱり」

僕はさっき由梨恵《ゆりえ》とのラインでの会話を思い出す。今日は流しソーメンをする予定だった。

彼女は来たいと言っていたのだけど、仕事が入ったと言ってきた。

そうだよねえ……夏休み。

しかも人気声優さんじゃ、忙しくなるのはしょうがないか。……残念だなぁ。

「お疲れ様あなた」

母さんがソーメンを持ってやってくる。父さんは遅い夕飯を食べる。

「根を詰めすぎじゃないのですか？」

「あはは！　大丈夫！　適度にサボってるからさ！」

「堂々《どうどう》とサボり発言しないでくださいよまったく……」

母さんも父さんが無理《むり》してることはわかってるんだと思う。ちょっと心配そうだ。

父さんはこないだ、いろいろあって、今ちょっと大変なんだよね。頑張《がんば》ってほしい。

「おにーちゃん、アイスどれにするー？」

詩子は父さんの買ってきたアイスをテーブルの上にのっける。

カップのバニラアイス、スイカの形をしたアイスバー、チョココーティングされたつぶつぶアイス、ソーダ味のアイスキャンディ。

「あたしお兄ちゃんが選んだ残りでいいや。先に決めて」

「え？　えー……ううん……どしよう」

カップアイスは無難においしい。好き。スイカのアイスバーはこの時期にしか売ってない。チョコのコーティングのアイスは、ちょっとくどいけどくせになる味。ソーダのアイスキャンディは、一番癖《くせ》がなくて、さらっと食べられるけど、あっさりしすぎてて……満足感が薄《うす》い。

「うーん……ううーん……」

ど、どれにしよう。四つもある。どれも捨てがたい。全部おいしそう。

カップも、アイスバーも、チョコも、アイスキャンディも、それぞれいいところがあって……。

「ああもう！　おにーちゃんおっそい！　あたしこれね！」

　ぱっ、とアイスキャンディをとる詩子。

「あ、僕そっちがいい……」

「え、いいけど。じゃカップアイスにする」

「あ……でもカップも」

「はいだめー！　もうあたし食べちゃうもんね！」

　がつがつと詩子がアイスを食べ出す。ああ、カップアイスもよかったなぁ……。

「おにーちゃんって昔からそーゆーとこあるよね」

「そーゆーとこって？」

　ぺろっとアイスを食べ終えた詩子が言う。

「優柔不断《ゆうじゅうふだん》っていうの？　いくつも選択肢があって、一つを選ぶやつ」

「え、そ、そうかな……」

　母さんがこくんとうなずく。

「ゆーちゃんとっても素直でいい子で、手がかからない最高の子だったけど……そうねぇ。選ぶのは苦手だったわねぇ」

「アイスとかいい例だな。味が最後まで決められない」

　家族みんながそう言う。え、ええー……そうかなぁ。

「お兄ちゃん何で決められないの？」

「だ、だって……それぞれいいとこあるし……本音を言えば全部食べたいんだけど」

「あらあら、おなか壊《こわ》しちゃいますよぉ～」

め、と母さんに怒られる。うーん、確かに言われてみると選ぶのが苦手な気がする。

「わかる、わかるぞぉ勇太。ぼくもたくさんいる嫁候補から真の嫁である母さんを選ぶの、大変だったんだからね！」

「え、と、父さんって……そんなモテてたの？」

「いがーい。おたくくそ陰《いん》キャのパパが？」

「ひどくない⁉」

ふぅ……と母さんがあきれたようにため息をつく。

「嫁って、画面の向こうのお嫁さんでしょ」

「「あぁー……」」

アニメキャラのことね。

「そんなにアニメの嫁が大事なら、その子と結婚したら？　私は子供たちを連れて、長野の実家に帰りますけどいつでも」

母さんの実家は、長野県の田舎《いなか》の方にある。

そういえば毎年夏になると実家に帰省するから、今年も行くのかな。

「か、かあさぁん……冗談《じょうだん》だってばぁ！」

父さんは立ち上がると、母さんをハグする。

「嘘《うそ》ばっかり。昨日だって深夜アニメのキャラにデレデレしてたくせに」

「ぼくにとって最推《さいお》し嫁は母さん一択だよぉ！」

「あれは二次元嫁！　三次元嫁は母さんだけだってばーもー！」

母さんはいつも誰《だれ》にでも優しいけど、父さんにだけきつい。でもあれは母さんなりの愛情表現だってわかってる。

父さんもわかってるんだと思う。仲いいなぁ……二人とも。

「……おにーちゃんおにーちゃん」

母さんたちの意識が、僕らから外れたタイミングで、ちょいちょい、と詩子が僕に手招きをする。

「……週末のチケットって、手に入った？」

実は僕らは、一つの計画を立てているのだ。

「……うん、ばっちり」

「……よかった。じゃああとは手はず通りに」

「……そうだね。その日って部活なんだっけ？」

「……そー、ごめんね一人で任せて」

「……気にしないで」

とまあ、僕ら兄妹がこっそり話してると、母さんがニコニコしながら聞いてくる。

「あらあらなぁに、二人して仲良さそうにして♡」

「あ、しまった」

気づかれてしまったようだ。

「どうしよ、お兄ちゃん」

まあ気づかれてしまった以上しょうがない。

それに急に言われてもスケジュールの関係とかあるだろうし。

「実は結婚記念日に、僕たちからプレゼントがあるんだ」

「ひゃっふー！　聞いたかい母さん！　息子たちがプレゼントだって！」

「あらそんな、気を遣《つか》わなくていいのに」

すると詩子が笑顔で言う。

「いいの！　いっつもお母さんには感謝してるし！」

「ん？　詩子？　ぼくは？　ねえ？」

詩子は父さんを見て、何も言わず、母さんに言う。

「お兄ちゃんと今ビッグなプロジェクト進行中なんだ！」

「ねえ詩子⁉　ぼくは！　ねえ！」

涙《なみだ》を流す父さんに、僕は肩を叩《たた》く。

「父さんが僕らのために頑張ってくれてるのも、ちゃんとわかってるよ」

「勇太ぁああああああああああ！　だいちゅきー！」

ベタベタとくっついてくる父さん。母さんと詩子も苦笑していた。

ふたりは口にしないけど、父さんのことは尊敬《そんけい》してるんだよね。

「というわけだから、結婚記念日は予定空《あ》けといてね」

「了解よ♡　ありがとう、準備してくれてて」

「いえいえ」

「ところで……ゆーちゃん。母さんたちのこと気にするのもいいけど、自分の夏休みは、どうやって過ごすつもり？」

母さんが僕を見て言う。

「え、何って……仕事かな。ほかにすることないし」

「あらまあ、だめよゆーちゃん」

「そうだぞぉ！　勇太！　いかんぞぉ！」

母さんたちが珍《めずら》しく強めに否定する。いつだって優しい二人が、珍しい。

「おまえは今！　十七歳なのだ！　十七の夏は特別！　家に引きこもって何もしないなんて、もったいないんだぞぉ！」

「え、そ、そう……？」

「そうだ！　いいか、今は実感ないだろうけど、大人になったときに気づくんだ。ああ、若い頃《ころ》に、青春しておけばよかったって……ぐすん……」

父さんが涙目になって主張する。そんなに強く後悔《こうかい》する……かなぁ。

「お父さんの言う通りですよ」

「母さん！　珍しくぼくら意見があったねえ！」

「ええ、珍しく」

大人じゃない僕は、ふたりがどうしてそんなこと言うのかわからない。

ただ、無視することはできない。だって僕のために家族が助言してくれてるから。

「わかったよ。でも……特に予定もないんだ」

「あらあら、じゃあお母さんにお任せなさいな」

母さんがスマホを取り出して、しゅしゅしゅ、とフリック入力する。

「おかーさん何してるの？」

詩子に問われて、母さんが唇《くちびる》の前に人差し指を立てて、ウインクする。

「ひみつ♡」

「ひゅーー！　母さんかわいいよー！　母さんは年取ってもそういうお茶目《ちゃめ》なところがグフゥウ！」

どさ、と父さんがその場に倒れる。

「ごめんなさいね、年増《としま》がこんなウインクとかして」

「年増なんて……言ってない……よぉ……」

とまあ、何はともあれ夏休み。母さんたちからのアドバイス通り一度しかない青春を楽しむぞ。

◆

その日の午後、僕は出版社に足を運んでいた。編集部の入り口まで到着。

「あー、きみきみ」

「え、僕ですか?」

年若そうな編集者が、不機嫌そうな顔をしながら僕に近づいてくる。

「ダメだよ、部外者が勝手に入ってきたら」

「え? あ、いや……その……」

僕は呼ばれてここに来たんですけど……と言おうとする。

「見たところ高校生? 原稿の持ち込み? だめだめ、小説ってそういうのやってないからさー」

「いや、そうじゃなくって……」

「はいはい子供は帰ってお疲れさん」

どうしよう、人の言うことを聞いてくれない……。

と、困っていたそのときだ。

「どうした我がライバル！　お困りかね？」

「あなたは！　白馬《はくば》先生！」

白いスーツに身を包んだ、甘いマスクのイケメン。

彼こそは、大人気作品、灼眼の処刑少女グリム・ガルの作者。

「ふははは！　この白馬王子が来たからにはトラブルはたちどころに解決さ！」

きらんっ、と白馬先生が白い歯を輝かせる。

「す、すげえ……グリムの作者！　おれ、生で初めて見た……」

白馬先生はモデルまでやっている、有名人なんだよね。

「キミ！　ここにいる彼を誰と心得る！　我が生涯《しょうがい》の戦友にして強敵……カミマツ先生だぞ！」

「んなっ⁉　か、カミマツ先生だってぇ⁉」

編集者が驚愕《きょうがく》の表情を浮《う》かべる。

「あ、あの映画版八〇〇億円の大ヒットラノベ……デジタル・マスターズの作者⁉」

あれ？　五〇〇億円じゃなかったっけ……。

「そう！　書籍爆売れ、アニメ第二期は放送決定し、もはや社会現象を起こした神作家ことカミマツ先生だぞ、彼は！」

そうか、五〇〇億だったの先月だし、一ヶ月で伸びたのか……。

「キミは見たところ入社間もない編集だろう。またカミマツ先生はどう見ても高校生の出《い》で立《た》ち。部外者と勘《かん》違いしてしまうのは致《いた》し方ない。しかしね！」

ビシッ、と白馬先生が指を突《つ》きつける。

「子供の話を聞いてあげないのは大人として、社会人としてどうかと思うのだがね！」

「も、申し訳ありませんでしたぁ！」

若い編集者が何度も頭を下げる。

青い顔をしてブルブルと震えていた。

「我がレーベルの大黒柱とは知らず、失礼なマネをして申し訳ございません！　なにとぞ、お許しください！」

これなんて時代劇？

「大げさじゃないですか……？」

「キミの機嫌を損ねたら、クビが飛ぶどころ《そこ》じゃないだろうからね。ただでさえこの間の移籍騒動があったわけだし」

中津川《なかつがわ》にみちるがひどいことされて、怒った僕は、移籍を表明した。

彼の父親の会社タカナワは、倒産の危機にあったのだ。まあ結局移籍話は白紙になったけど。

「カミマツ先生は心の広い素晴らしい御仁《ごじん》だ。誠意《せいい》を持って謝《あやま》ったのだから許してくれるさ」

「ほ、本当ですか……？」

僕はこくり、とうなずく。

別に怒りはないよね、僕を知らないからってさ。

「カミマツ先生の懐《ふところ》の深さに感謝するのだねキミ」

「ははー！　ありがたき幸せぇ！」

だからなんで時代劇？

ペコペコと頭を下げながら、編集者が去って行った。

しょっぱなから大変な目にあった。けど、先生がいてくれて助かったぁ。

「ありがとうございます、白馬先生」

「気にしなくていい。主人公のピンチを救うのもまた、ライバルの役目だからねフハッハッハッ！」

その後。

芽依《めい》さんは前の打ち合わせが伸びているらしく、待合室で待つことになった。

白馬先生も担当さんを待っているらしく、二人で待つことにする。

「ところで僕心《ぼくこ》……おめでとう。発売二週で二〇万部突破だそうだね」

「え、どうして知ってるんですか？」

「あの垂《た》れ幕《まく》を見てごらんよ」

くいっ、と白馬先生が背後を指さす。

編集部の壁には、でかでかと垂れ幕がかかっていた。

【『僕の心臓を君に捧げよう』大ヒット御礼《おれい》！　二〇万部突破！】

「なにあれ⁉　は、恥《は》ずかしい……」

一方で先生は長い足を優雅《ゆうが》に組み、パチパチと惜《お》しみない拍手をする。

「コングラッチュレーション。やはり君は凄《すご》い。大ヒットじゃないか」

「あ、ありがとうございます」

「さすが我がライバル。売れ方のスピードまで次元が違うとは」

「先生にそう言ってもらえると、うれしいです！」

グリムの作者から褒《ほ》められるなんて……！

「白馬先生の新作、『神装機竜スレイヤーズ』も、発売一週間で重版、すごいです」

「ふふっ……ありがとう我がライバルよ。もっとも、発売二週で二万部の私と、二〇万部の君。今回の勝負は……君の圧勝だったわけだが」

白馬先生の新刊と、僕の本は同じ日に発売されたのだ。

以前先生から勝負だ！　と挑まれてたんだよね。

「あ、いやその……別にそういうこと言いたいんじゃなくて……」

「フッ、君が売れたからと言って自らの功績をひけらかすような輩《やから》でないことは、私はよく知ってる。さすが我が宿敵。強さと気高さを持ち合わせるなんて……」

ぎゅっ、と白馬先生が歯がみする。

だがすぐにニコッと笑う。

「とても嬉《うれ》しいよ。君が今もなお高い壁として私の前に立ち塞《ふさ》がってくれていることが！」

「ど、どうしてですか……？」

「簡単なこと！　壁が大きければ大きいほど、乗り越えたときの喜びが増す！　私は負けないよカミマツ先生。何度敗北しようと……最後に笑った者が勝者なのだからね」

どんな時も暗い顔をせず、にこやかに笑って見せる。

先生、か、カッコいい……！

「やっぱり白馬先生は……尊敬する大作家です！」

「ありがとう！　だが君も私にとってはライバルでもあり、偉大なる神作家だぞ！」

ビシッ！　と先生が格好《かっこう》よくポーズを取る。

「勝負はまだまだ始まったばかり。すぐに巻き返してみせる！」

「はい！　お互い頑張りましょう！」

と、そのときだ。

「あ、先生！　お待たせー！」

「おっと担当編集くんが来たようだね」

明るい笑顔で手を振りながら、美人編集・佐久平《さくだいら》芽依さんがやってきた。

「緊急大重版決まったって！　これで累計三〇万部！　発売二週でこれはすごいことだよ！」

「ぶーーーーーーーーーーーーーー！」

白馬先生は血を吐いてうつ伏せに倒れた。

「せ、先生！　しっかり！」

ふらふらと立ち上がって、白馬先生が僕に賞賛を送る。

「……見事。さらに差を広げるとは。さすが我がライバル。だがしかし！　私は諦《あきら》めぬ！」

「あ、第二巻初版きまったよ。一巻の初版の三倍だって。それとオリジナルアニメ同梱版《どうこんばん》が作られるってさ」

ドサッ……！

「せ、せんせーーーーーーー！　起きて！　先生ぃいいいいいい！」

◆

芽依さんとの打ち合わせを終えた後……。

僕と白馬先生は帰路についていた。二人とも徒歩である。

ていた。


「なんかすみません……」

芽依さんがタイミング悪く爆弾発言をぶっ込んでしまい、先生はボロボロになってしまっていた。

でも先生は微笑《ほほえ》んで、ふるふると首を振る。

「なぜ謝る？　増刷が決まったんだ。嬉しいことじゃあないか」

血で真《ま》っ赤《か》に染まったスーツをたなびかせる白馬先生。

「それだけ売れると言うことは、多くの人たちを幸せにしていると言うこと。君は素晴らしいことをしているのだ。胸を張りたまえ」

白馬先生は凄い。

代表作である『灼眼の処刑少女グリム・ガル』はメチャクチャ売れている。

アニメ化も何回もしているし、新シリーズを出せば全部大ヒット。

けれど偉ぶったところが全くない、とってもいい人だ。

「僕……先生みたいな一流の作家になりたいです」

「ありがとう。だが君も十分一流……いや、超一流作家だよ」

「いやいや僕なんて……」

と、そのときだった。

ぽた……と頭上から雨粒が振っていた。

「む！　いかんな！　夕立だ！」

「わ！　ほんとだっ！」

一気に土砂降りへと変わる。

雨に濡れながら、近くの店の軒下に移動した。

僕らの服も髪の毛もぐっしょり濡れている。

先生は雨に濡れていても様になっていた（血で汚れていたはずの白いスーツも、いつの間にか真っ白に戻っていた)。

「やれやれ。夏場はこういう雨が多いから困る」

「やみそうにありませんね。くしゅっ……」

雨に濡れてしまったせいでちょっと冷えてしまった。

「このままでは風邪を引いてしまう。我がライバルを寝込ませてしまう……そうだ！」

白馬先生がまるで世紀の大発見をしたかのように、嬉しそうな顔で言う。

「我がライバルよ、よければうちに寄っていかないかい？」

「白馬先生のお家《うち》ですか？」

「ああ。すぐ近くなんだ」

「すぐ近くって……ここ、高級オフィス街なんですけど……」

デカいビルが乱立している。

この辺りに住んでいるなんて……お、お金持ち！

「何を隠そう、私は白馬製薬の御曹司《おんぞうし》だからねフハハハハッ！」

そういえばそうだった。

大作家で、イケメンで、モデルで、御曹司。

すごい……スーパー作家だ！

「このままタクシーを捕まえて、ここで解散でもいいだろうけど、濡れたまま冷房の効《き》いた車内にいれば体調が悪化しかねない。どうだい？　シャワーと着替えを用意しよう」

結局お言葉に甘えることになった。厚意を無下《むげ》にするのもためらわれたし、何より一度しかない夏を楽しむと決めたばかりだ。同業者のおうち訪問なんて、楽しそうだしね。

先生の住んでいるタワーマンションは、出版社の目と鼻の先にあった。

もの凄い高級そうな建物の中へと入る。

「この時間なら我が妹がいるかもしれない。あとで紹介しよう」

「へぇ……白馬先生って妹さんいるんですか？」

「ああ。私に似てとても美しい妹だ。しかも声優をやっているのだよ」

「へぇ……！　声優！　すごい……お兄さんが作家で、妹が声優なんて……スーパー兄妹ですね！」

「ははは！　君はお世辞まで上手だな！　さすが神作家！」

そんなこんなあって、僕らはマンションの最上階までやってきた。

これまた広い部屋に案内される。

「バスルームはここだ。私は着替えを取ってくるから、先に入っていたまえ」

「はい！　ありがとうございます！」

笑顔で先生が去って行く。

本当にいい人だなぁ。

「妹さんか。どんな人だろう？」

僕はバスルームのドアを開けた……そのときだ。

「「え……？」」

そこに居たのは……よく知っている人だった。

「ゆ、由梨恵……？」

アイドル声優の駒ケ根《こまがね》由梨恵が、そこにいたのである。

「ゆ、勇太君……？　どうして……ここに……？」

極限までに無駄な肉をそがれた、見事なプロポーションの裸身《らしん》がそこにある。

目が釘付《くぎづ》けになってしまう……。

「……さ、さすがに……その、まじまじ全裸《ぜんら》を見られたら、その……」

体を腕で隠して、うつむき、消え入りそうな声で言う。い、いかん！

と、そのときだった。

「おや、なんだ先に風呂《ふろ》に入っていたのかい？」

イケメンの家主がひょこっと顔を出す。

「え？　え？　白馬先生、由梨恵とは、どういう……ご関係？」

まさか彼氏彼女の関係か⁉

白馬先生が首をかしげる。

「私の妹だが？」

「へ⁉　い、妹ぉ！」

◆

僕がシャワーを浴びてバスルームを後にする。

リビングへ行くと、ソファには由梨恵が座っていた。

「ゆ、勇太君……お湯加減ど、どうだった？」

由梨恵はシャツにスカートというラフな格好だ。

濡れた黒髪が美しい。

そして耳が真っ赤だった。気まずいのか目をそらしている。

いつも元気で明るく僕に接してくる彼女だけど、このときばかりは恥ずかしいのか、僕から一定の距離を置いてもじもじしていた。そりゃそうだ。僕だってはずいし……。

「う、うん……良かったよ」

「そ、そっか……」

「「……………」」

き、気まずい！

風呂に入ろうとしたら、由梨恵の裸をバッチリ見てしまったんだから仕方ない。

「う～……みちるんに負けないよう頑張ってるんだけど、さすがに恥ずかしいよぉ」

由梨恵が両手で顔を隠して、小声で何かをつぶやいている。

「さ、コーヒーが入ったよ、君たち」

イケメンラノベ作家の白馬先生が、お盆を持ってリビングへとやってきた。

「ありがとうございます」

僕は先生からカップを受け取る。

一口啜《すす》る。メチャクチャ美味《おい》しい。

なんか苦みが全くない。

「おや？　マイシスター。どうしたんだい？　そんな格好で」

「マイシスター？」

ああ由梨恵のことか。

「もう！　お兄ちゃん！　やめてよその呼び方ぁ！」

由梨恵が立ち上がって、白馬先生のもとへ急いで行く。

「何かおかしいかい、わが愛《いと》しのマイシスターよ」

「もー！　大好きな勇太君の前で変なしゃべり方禁止！」

ぽかぽか、と白馬先生の肩を叩く由梨恵。

先生は意に介した様子もなく高笑いしている。

「しかしおかしいなわが妹よ」

「おかしいのはお兄ちゃんのしゃべり方！」

「普段君は風呂上がりパンツ一丁じゃないか」

「え、えぇー⁉」

パンツ一枚だって⁉

「ち、違うよ！　兄さんが嘘言ってるだけだから！」

由梨恵が顔を真っ赤にして首を振る。

「ふむ？　いつも君は風呂上がり、キャミソールにパンツ一枚はザラだと思うが？」

「勇太君の前で変なこと言わないでよ！　もう！　兄さんのばかばかばか！」

二人の気安いやり取りを見ていると、本当に兄妹なんだなぁって思う。

見た目は全然違うのにね。

「って、あれ？　だとすると……先生、聞きたいことがあるんですけど」

「何かね我がライバルよ」

白馬先生が僕の隣《となり》に座って長い足を組む。

「前に編集部で、先生が由梨恵と会ったとき、彼女に何も言ってませんでしたよね？」

僕心発売前のこと。

アニメPVの打ち合わせに、由梨恵と僕は一緒に編集部にいったことがあった。

そのとき僕らは白馬先生に会っている。だけどあのときは、由梨恵と白馬先生は初対面のように振る舞《ま》っていたはずで……。

「ふはっは！　鋭い質問だ我がライバルよ！　さすが神作家……観察力《かんさつりょく》にも優れるのだね！」

しゅばっ！　と先生が足を組み替える。

「いちいち動作が大げさなのよ、恥ずかしいったらありゃしない……」

はぁ、と由梨恵がため息をつく。

ちなみに白馬兄妹は、僕を挟んでソファに座っている。

ふわりと彼女の髪の毛から、シャンプーの甘い匂《にお》いがした。

「答えは簡単さ。我が妹はね、外では他人のフリをしろと私に常々言ってるのだよ」

「他人のフリ？　どうして？」

「兄さん、外でもこんな調子でしょ？　いやなの、兄妹って思われるのが。恥ずかしい……」

はぁ～……と由梨恵がため息をつく。

「フハハハ！　何を恥ずかしがることがある？　モデルで御曹司、そして大ヒット作グリムの作者こと、この白馬王子の妹であると堂々と自慢《じまん》しまくれば良い！」

「兄さんのそーゆーとこがほんと嫌なのー！」

なるほど、そういう理由があって他人のフリしてたんだ。

由梨恵は申し訳なさそうな顔で、僕にぺこりと頭をさげる。

「ごめんね勇太君。別に隠してたわけじゃなくて……」

嘘ついていたって思われるのが、嫌なんだろう。

彼女は正直者なんだな。

「僕も父さんと時々他人のフリしたいときあるし。同級生がその場にいるときは」

あと、オタク丸出しで叫《さけ》んでいるときとか。

「そう！　そうなの！　わかってくれるこの気持ちっ！」

由梨恵が興奮《こうふん》気味《ぎみ》に手を握《にぎ》ってくる。

ち、近い……！　近すぎる……！

お風呂上がりで艶々《つやつや》な髪の毛とか、卵のようにぷにっとした肌。

おまけに薄着のせいで、谷間からチラッと見える大きな胸が。

「ご、ごめん……！」

僕は赤くなって、距離を取る。

由梨恵は気にしてる様子もなく首をかしげてる。

不意打ちで全裸を見られるのは嫌でも、それ以外は特に気にしてないのかな……。

白馬先生は立ち上がると、僕を見下ろして言う。

「せっかくだから晩ご飯も食べていきたまえ」

「え、悪いですよ！　ただでさえお風呂と着替えももらったのに！」

「なに、我々も今から食事なのだ。二人分作るのも三人分作るのも変わらない」

それに、と白馬先生が笑顔で言う。

「妹がいつも君に世話になっているからね。そのお礼にごちそうさせてくれたまえ」

せっかく作ってくれるって言うのに、断るのは悪いよね。

「じゃあ、お願いします」

「うむ。ではしばし待っていたまえ」

◆

「「ごちそうさまでした！」」

リビングの大きなテーブルを、僕らは囲っている。

「先生、美味しかったです！　料理上手ですねー！」

夕飯に振る舞われた料理は、とてつもなく豪華でかつ、手の込んだものだった。

どれも美味しくてつい食べすぎてしまった。

「ありがとう我がライバルよ。妹はいつも作っても何も言ってくれないから嬉しいよ」

「な、何も言ってないってことは、ないじゃない」

気まずそうに眼をそらす妹に、兄が微笑んで言う。

「『にんじんきらーい』『ピーマンいれないでって言ったのに！』とかいつも言ってるね」

「だから……！　余計なこと言わないでよ兄さんー！」

顔を赤くして、ぽかぽかと、白馬先生の肩を叩く由梨恵。

どうやら僕の知らない由梨恵の一面が結構あるらしい。

「由梨恵ってもっと大人っぽい人かと思ってたけど」

雑誌とかで見る彼女は、すごいプロの声優さんって感じ。

でも今ここで、表情をころころと変える彼女は、普通の女の子って感じがした。

「うう……恥ずかしい……ゲンメツした？」

「まさか。可愛《かわい》いなって思ったよ」

「か、かわ……可愛いだなんて……♡　えへへ～……♡　うれしいなぁ～♡」

ふにゃふにゃ、と由梨恵が表情をとろかせる。

「可愛いだろう、我が妹は」

「ええ、とっても」

「も、もー……♡　やめてよぉ～♡　勇太君まで～♡　いじわるしないでよぉ～♡」

「その割に乙女《おとめ》の顔をしているぞ。さて……食後のデザートを取ってこよう」

白馬先生は立ち上がって、キッチンへと向かう。

二人きりになる僕ら。

由梨恵は終始にっこにこしてる。

「どうして笑ってるの？」

「ん～？　えへへ♡　勇太君と二人きりだなー、うれしいなーって♡」

「さっきも二人きりだったじゃん？」

「ドキドキしすぎてまともに、二人きりの時間を楽しめてなかったんだよぅ♡」

僕みたいな陰キャと二人でいることが、そんなうれしいことなんだろうか？

でも彼女の、春の日差しみたいな笑顔には、一片の陰りもない。

本当に、一緒にいてうれしいって思ってくれてるみたい……。

うう……なんだろう、心臓がどきどきする。

「勇太君？　どうしたの？」

「あ！　いや、えっと……由梨恵は白馬先生とふたりで住んでるの？」

つい話題をそらそうと、そんなパーソナルなことを聞いてしまう。

でも由梨恵は気にした様子もなく返してくる。

「うん。元々実家に住んでたんだけど、今は兄さんのとこに厄介《やっかい》になってるんだ」

「へえー……というか、今気づいたけど……由梨恵って白馬製薬の、社長令嬢《れいじょう》なんだね……」

白馬製薬は日本でトップの製薬会社だ。

先生はそこの御曹司なんだから、妹の由梨恵も社長の娘ってことになる。

「す、すごい……」

「あ、あはは……ありがとう」

なんだろう、由梨恵はあんまり、嬉しそうじゃなかった。

困ったように眉《まゆ》を八の字にしながら言う。

「でも……できればあんまり、勇太君にはそういう目で見て欲しくないかな」

「普通に接して欲しいってこと？」

「そう。社長令嬢の白馬由梨恵じゃなくて、あなたの友達、駒ヶ根由梨恵として」

違いがわからないけど……まあ本人がやめてというのなら、やめておこう。

「わかったよ。由梨恵」

「ありがと♡　嬉し♡」

ニコニコと笑いながら由梨恵が言う。

この子はいつも笑顔で、隣にいる。見てると元気になれるんだ。

「…………」

由梨恵は急にきょろきょろしだす。

キッチンの方を見てから、一度立ち上がって、僕の隣に座ってくる。

きゅっ、と由梨恵が僕の腕に抱きつく。

「ど、どうしたの？」

「えへへ～♡　勇太君せーぶんをほきゅー♡」

目を細めて、すりすり僕の肩に頬《ほお》ずりしてくる。

きれいな黒髪から、甘い香りがして、ドキドキする。

「普段は仕事があって会えないし、遊びに行くとだいたいみちるんいて、勇太君独り占めにできないからさ♡　えへへ～♡」

由梨恵、なんて積極的なんだ！　うう、どうしよう、ドキドキしてやばい。

先生はまだか！

「えっと……あ！　由梨恵、スイッチもってるんだね」

テレビの前に、最新据え置きゲーム機が置いてあった。

僕は立ち上がって、由梨恵のそばから離れる。

別に嫌いじゃないんだけど。むしろ好きだけど。

さすがに、こんな美人からぎゅっとされたら、心臓が持たない……。

「えっ？　す、すいっち……？　何の？　エアコンの？」

と、そのときだった。

「マイシスター。スイッチとはゲーム機のことだよ」

白馬先生がデザートのプリンを持って、僕らの元へやってきた。

「へ、へえー……そんな名前だったんだ」

「ということは、白馬先生のものなんですか？」

「ああ。ゲームもたしなむよ」

「たしなむって……深夜遅くまでピコピコやってるくせに」

ピコピコって言い方かわいいな。

「我がライバルもスイッチをやるのかい？　もしかしてモン狩やってる？」

「はい！　やってます！」

「おお！　では今度一緒に狩へ行こうではないか！」

「いいですねー！」

一方で由梨恵は首をかしげる。

「ね、ねえモン狩って？」

「ゲームのこと。モンスター狩人。先生は武器何を使います？」

「弓を使うよ。高貴なる私にぴったりの武器さ」

「……むぅ」

「弓！　いいですね、僕はスラッシュアックス使ってます！」

「おお、玄人《くろうと》好みな武器を使うね！　さすが我がライバル！」

「むむぅ……！」

僕はモン狩の話題で盛り上がる。

すると由梨恵が不機嫌そうに頰《ほお》を膨《ふく》らませると、僕のプリンを奪《うば》う。

「あっ！　それ僕の……」

「友達をほっといて、友達のお兄さんとおしゃべりする人にはあげないもーん」

ぱくぱく、と由梨恵がプリンを食べてしまう。

その様子を見て先生が苦笑する。

「はは、すまないね。由梨恵はまだ子供でね。私の分をあげよう」

「お兄ちゃんにもあげないもん！　私の勇太君と仲良くおしゃべりしてっ！」

「ふふっ……私の勇太君ね」

「そうだもん！　だからお兄ちゃんにはあげません！」

◆

ややあって。夜、僕はマンションのエントランスにいた。

雨がやんだので帰ることになったのだ。

「うう——……帰っちゃうのぉ。泊《と》まってこーよー」

由梨恵がすねたように言う。

先生は苦笑しながら彼女の頭をなでる。

「マイシスターよ、君はこれから羽田だろう？」

「うー……おのれツアーめぇ……」

由梨恵はこれから、デジマスの全国ツアーに行くらしい。

そんなものがあるんだぁ……。すごいなぁ……。

「担当編集くんから聞いてなかったのかい？」

「芽依さん、僕に執筆《しっぴつ》に集中してほしいみたいで、それ以外の情報は最低限しか知らせてこないんです」

「なるほど、編集を信頼しているのだね」

「もちろん！」

芽依さんは僕が快適《かいてき》に仕事できるようにサポートしてくれていることはわかってるから。

「ともあれ、今日は残念だったが、次にまた機会があれば、うちに泊まっていきなさい」

きらん、と先生が白い歯をのぞかせて微笑む。

「え、そ、そんな……さすがにそれは、その……め、滅相《めっそう》もないというかぁ」

だってそんな、女の子のいる家に泊まるなんて……。

なんかその、え、えっちじゃん……。気が引けるって言うか……。

「気にしないでくれ。君が泊まった方がマイシスターも喜ぶだろうし、ね？」

「うん！　いつでも大歓迎だよー！」

フッ……と白馬先生が微笑む。

「わが妹は少々天然でね」

「お兄ちゃんに言われたくないよ！」

「迷惑をかけることも多々あるだろう。けどどうか、仲良くしてやってくれ」

「もちろんです！」

泊まりはまだちょっと覚悟《かくご》ができてないけど、由梨恵とはこの先も仲良くしたいからね。

由梨恵は花が咲《さ》いたような笑みを浮かべる。

「ほら、お別れのチューくらいしたらどうだね？」

「い、いやいやそれはさすがに……ね？」

「そ、そうだよ！　兄さんがいる前じゃ、さすがに……」

あ、あれ？　その言い方……先生がいなかったらちゅーしてくれるってこと？

「私がお邪魔《じゃま》なら消えるが？」

ちょうどそのタイミングで、黒塗りの車が僕らの前に到着する。

「君も乗っていきたまえ、我が妹を空港まで送っていくんだ」

「『いいんですかっ？』」

僕と由梨恵の台詞《せりふ》がかぶった。彼女が僕を見て、えへへとはにかむ。

そんな彼女の照《て》れた姿に、僕もまた照れてしまう。かわいいなぁ……。

「さ、のりたまえ。まずは我がライバルの家へ参ろうか」

「あ、はい。じゃあ失礼します」

僕が乗車すると、由梨恵は当然のように真横に座ってきた。

目が合うと、えへへと笑う彼女。ほんとに笑顔が素敵《すてき》だな。

一方で白馬先生は、空気を読んでくれたのか助手席に座っている。

「いやぁ、それにしても、ラッキーだったなあ！」

由梨恵が鼻歌でも歌いそうなくらい、上機嫌な笑顔をうかべて言う。

「だって、今日からツアーで、しばらく会えないから、さみしなーって思ってたところに！

勇太君のほうから来てくれたんだもん！　これは天のおぼしめしてやつだね！」

ふすふす、と鼻息荒く由梨恵が言う。

「大げさでしょ」

「ううん、この勇太君へのあふれんばかりの愛が届いたんだよ！　神様っているんだなぁ……あ、いる！　そこに！」

「いやいや、僕神じゃないし」

「何言ってるの？　神作家なんて実質的に神様みたいなもんだよー！」

車が僕の家へ向かって走って行く。由梨恵はちょん、と僕の手に手を重《かさ》ねていた。緊張はほどけて、重なった手からは、暖かな彼女のぬくもりを感じる。ずっとこうしてたい。

「あーあ、お仕事ってどうしてあるのかなー」

「どうしたの急に？」

「だぁって、今年の夏、イベントイベントで、ぜーんぜん勇太君と会えそうにないからぁ」

しゅん、と雨に濡れた子犬のように頭を垂れる。

「そっか……会えないのは、さみしいなぁ」

「ね！　でしょう！　ゆゆしき自体ですよ！　声優と一般人との結婚は難しいって先輩も言ってたし、最初どういう意味かわからなかったけど、こういうことなんだなぁって実感してる」

……確かに僕と由梨恵では、生活リズムが異なる。レッスンとかめっちゃあるらしい。父さんに聞いたんだ。

「このまま疎遠《そえん》は、やだなぁ……」

ぽつりと、僕の口から、無意識にこぼれる台詞。

「勇太君も……そう思ってくれるんだ！　うれしい！」

だき！　と由梨恵が強く抱きついてくる。

そりゃさみしいよ。このままなんて。せっかく……こんなに仲良くなれたのに……。

「大丈夫！　なんとかなーる！　暗い顔禁止だよ！　めっ！」

由梨恵はいつだって明るく笑ってる。僕はそんな彼女の笑顔に、安心以上の気持ちを抱いている自分を、どこかで自覚していたのだった。

ほどなくして、車が僕んちの前に止まる。

「送ってくれてありがとうございました、先生、それに、由梨恵も」

「なに、気にすることはないよ」

「そーだよー！」

白馬兄妹が笑顔で答える。本当にいい人たちだ。

「あ、そうだ！　勇太君、雪《せつ》さんにごめんなさいって言っといてくれない？」

「え？　母さんに……？　別にいいけど……なんで？」

「じゃ！」

由梨恵たちを乗せた車が出発し、後には僕だけが残された。

ちょうどそこで自宅の扉が開く。

「あらゆーちゃんお帰りなさい。遅かったわねぇ」

出迎えてくれたのは母さんだった。僕はひとしきり事情を説明する。

「あと、由梨恵がごめんなさいって」

「あらそうなの、残念だわぁ」

母さんはそれだけで、由梨恵の言いたいことがわかった様子。でも僕はさっぱりだ。

「あの、母さん。どういうこと？」

「んー？　ふふ、もうすぐわかりますよぉー♡」

◆

一方、大桑《おおくわ》みちるは自宅にて、勇太の母……雪からのラインを見返していた。

『みんなでお泊まり会しましょう』

雪はコミュ力が高く、息子の友達（嫁候補ともいう）全員と連絡先を交換していたのである。

「お泊まり会だなんて、これは……大チャンスだわ！」

みちるは手に持ったスマホをぎゅっと握りしめる。

ただでさえ自分は、一度勇太を手ひどくフッてしまったことで、由梨恵たちより恋愛レースにおいて出遅れてしまっている、と思っている。

「よし、よし、よぉおおおし！　気合い入れて準備しないと！」

と、そのときだった。

プルル、と家の子機に着信があったのだ。廊下へ行き電話を取る。

「はい、大桑です……先生？」

それはみちると勇太の通う学校の担任からの電話だった。

「え⁉　ほ、補習……ですか？」

みちるは中津川の事件があり、七月のほとんど学校を休んでいた。当然、期末テストも受けていない。その分の埋め合わせとして、補習を受けるようにという指示であった。

「いつですか……ええ⁉　そんな……！！！」

思わず、逆の手に持っているスマホをカシャンと落としてしまった。だが拾うこともせず、呆然《ぼうぜん》と……彼女は壁に掛けてるカレンダーを見やる。

雪が言っていた、お泊まり会と補修とが、丸かぶりだったのだ。

「そんな……なんでこんなタイミングで……」

気づけばみちるは電話を切って、その場にしゃがみ込んでいた。

彼女は精神的なショックを受けていた。それは別に補習が嫌だったからという理由ではない。勇太の母から誘いを受けた直後というタイミングで、補習の話が来て、着飾ることもできない。

「勇太と……結ばれない運命なんだ……きっと、アタシ」

みちるのモチベーションがどんどんと下がっていく。気持ちが、ネガティブになってしまう。

補習が終わってから行けばいい……という気になれない。

どうせ行っても、今回みたいに、邪魔が入ってくるんだ。きっとほかの女の子たちと仲良くする勇太を、ただ見てることしかできないんだ……。

「そう、よね。アタシ……小説界の神に、楯突《たて》いたもの。天罰を食らって……当然よ」

ぽたぽたと涙がこぼれ落ちる。三角座りをして、膝《ひざ》の間に顔を埋めた。

「……アタシ、勇太と、付き合っちゃ、だめなのかなぁ」

誰も答えてくれない。ただ、彼と結ばれる運命に、自分はないのではないかと……いくら頑張っても、自分は勝てないのではないかと……そう思ってしまった。

「…………」

一度立ち上がったつもりだったけれど、みちるは再び、つらい気持ちになった。

◆

あくる日、僕は詩子とともに自宅リビングにいた。

「おかーさんおとーさん、結婚記念日おめでとー！」

詩子から花束が贈呈される。母さんたちは笑顔で受け取ってくれた。

「ありがとう、詩子」

「毎年ありがとう！　二人とも！　ウルトラ愛してるよぉおう！」

父さんが笑顔で僕らに抱きついてくる。

「ちょ、お父さんうざいしぃ～」

「うははは！　うざいのがぼくのアイデンティティー！」

ハグされながらも、詩子は嫌がる様子はない。なんだかんだで父さんのこと好きなんだよね。

「勇太もありがとう！　豪華なホテル予約してくれてっ！」

「今年は結婚二〇周年だからね。アニバーサリーだから、奮発しちゃった」

父さんたちにはホテルのことを事前に話してはいる。結構人気のホテルなので、事前予約が必要だったのだ。

「二人がこんな、素敵なプレゼントをしてくれるなんて、お母さん感激です♡」

涙をためながらぎゅーっと抱きしめる。よかった、ふたりとも喜んでくれて。

「とゆーわけで、今日はお父さんとお母さん、夫婦水入らずでホテル楽しんできてよ！　アタシは友達んち泊まるかもーまんたいだし」

父さんたちは今日の夕方、ホテルにチェックインする。

都内のホテルだから電車で行くんだってさ。

「僕も一人で留守番《るすばん》するの、問題ないし」

基本陰キャの引きこもりなので、一人でいることを苦には感じないのである。

しかし、母さんがにこやかに笑いながら……手を×にした。

「のーもんだい♡」

「え、ど、どうしたの急に？」

母さんは微笑んだまま首を振って言う。

「だめよ。あなたにさみしい思いはさせません。とゆーことで、助っ人呼んだの♡」

「助っ人？」

母さんはスマホを取り出してラインを送る。

ぴんぽーん……♪

「あらあら、気の早い子たちだこと♡」

母さんの様子から、来客主に心当たりがあるようだ。僕も詩子も、そして父さんも、母さんが何をしたいのかさっぱりわからない。

「ほらほら、ゆーちゃん。お出迎えしてきなさいな♡」

「え、あ、うん。わかったよ」

母さんが終始意味深な笑みなのが気になる。さみしい思いをさせないってなんなんだろ……？

「……こんばんは、ユータさん♡」

まず入ってきたのは金髪の美女……アリッサ。

背が高く、ふわふわとした髪の毛と、青い瞳《ひとみ》が美しい。

白いワンピースを着た彼女が、微笑みながら立っている……ええ⁉

『どうも、神作家の真のヒロイン、こうちゃんです』

続いて入ってきたのは、小柄な美少女。

ロシア語でしゃべっている子は、みさやまこう。

猫を思わせる半袖パーカーに、猫のリュックを背負《せお》っている。

「え、ええ⁉　ふたりともどうしたの？」

『おっとこうちゃんの外見描写が少ないですぜ。確かにつるーんぺたーんで、イラスト映《ば》えしないかもですけどな。く！　今から巨乳キャラに変更できませんか、編集さん！』

アリッサがこうちゃんを押しのけて、僕の手を握って言う。

「……ユータさんを末永《すえなが》くよろしくとお願いされました」

『口絵とかになったときに、一人だけ仲間外れにされたくなくて来た！』

ど、どうして突然ふたりがここに……？

今日会うなんて予定は、無かったはずでは……？

「みんないらっしゃーい♡」

母さんがリビングから顔をのぞかせる。

「あら……？　みーちゃん……？」

アリッサたちを見て、母さんは一瞬《いっしゅん》目を丸くする。

まるで予想外のことが起きてるような感じだ。何も知らなかった僕ではなく母さんがそういうリアクションをとるのに違和感を覚《おぼ》える。

「どうしたのかしら、あの子も呼んでおいたのに……？」

ぶつぶつ、と小声でつぶやいている。聞こえないよ。

けれどすぐに、にこやかに言う。

「皆さん、うちの可愛いゆーちゃんをよろしくお願いしますね♡」

「「はい、お母様！」」

「いやいやいやいや」

母さんが一仕事終えた、とばかりに出て行こうとしたので、その肩を掴《つか》む。

「か、母さん……？　これ、どういうことなのっ？」

あら、と母さんが頬に手を当てて言う。

「お泊まり会ですよ♡」

「お泊まり会⁉　今日⁉　なんで⁉」

「前に言ったでしょう？　夏休みは楽しみなさいって。お母さん、息子のためにイベントを用意しちゃいました♡」

イベントって……。僕はアリッサとこうちゃんを見やる。

……ふたりとも手荷物を持ってきている。ってことは、泊まるわけで……。

「で、でも今日って……」

「母さん達出かけちゃうから、女の子達にゆーちゃんのお夕飯の面倒を見てもらいつつ、ついでにお泊まり会をと思いまして♡　あ、由梨恵ちゃんはツアー中でこれないって」

そ、そういうことか……。確かにこないだ、由梨恵ちゃんに謝っといてとか言っていた。

まさか、このことだったなんて……。

で、でも……うそ……今の状況《じょうきょう》って……。

え、え、ええ!?　ま、まさか……えええええ!?

「くぅう!　羨《うらや》ましいいぞ勇太ぁ!　親不在のなか、こんな美少女たちと一つ屋根の下でお泊まりなんて!　ずるいずるい!　ラノベ主人公か君はっ!」

地面に転がって、じたばたと父さんが手足を動かす。

「僕もハーレムうはうはお泊まり会やーりーたーいー!　……へぶっ!」

父さんのお腹《なか》を、母さんが踏みつける。

「あら、ごめんあそばせ♡　こんな年増と二人きりで」

「か、かあさん……べつに……年増なんて思ってないよ……そなたは……うつくしい……」

がくんっ、と父さんが気を失う。

母さんは父さんの足を摑んで、ニコッと笑う。

「みんな、今日はよろしくね♡」

「か、母さんは……いいの？」

にこっと、と母さんは笑う。

「ええ。きちんと避妊《ひにん》するなら♡」

おいいいいいいいいい！

何言ってるの母さんぅ⁉

「ゴムは台所の引き出しに入ってるからね♡」

「いや使わないよ！　ってか台所で何してるの⁉」

うふふ♡　と笑いながら、母さんは父さんを踏みつけて、玄関をまたぐ。

「あれ、お母さんどっかいくの？　ホテルに泊まるのって夕方なんでしょー？」

詩子からの問いかけに、母さんが笑顔でうなずく。

今はお昼を回って、午後。出かけるまでにはちょっと時間がある。

「ええ。ちょっと、お母さんその前に用事済ませてくるわね♡」

またも意味深なことを言って、出て行ったのだった。

ど、どうしよう……。

彼女たちはニコニコしながら玄関で待ってる。

「おにーちゃん、ほらほら、ぼーっとしないの」

「あ、そ、そうだね。えっと……とりあえず、うち上がって」

「「「おじゃましまーす！」」」

僕の後を彼女たちが付いてくる。

え、つ、つまり……え？

家族が不在のこの家で、僕は美少女たちと一夜をともにするってこと⁉

……前にも泊まりに来てくれたことはあったけど、もちろん家族が居た。

でも今日はいない。つ、つまり……その、って、わあ！　僕は何を考えてるんだぁ！

と、悶《もだ》えつつも、やってきたのはリビング。

ソファに座る面々《めんめん》。

「あの……ほ、本当に泊まるの？」

「……ええ。きちんと準備して参りました」

アリッサがリビングの隅に置いてある、大きな黒いキャリーケースを指し示した。

『一泊するだけなのに、どうしてそんなにたくさん荷物もってるのー？』

こうちゃんは可愛らしいウサギのリュックを一つ、膝の上に乗っけている。

『はっ！　ま、まさか……いろいろ準備って……エロエロなコスチュームとかってこと？

殿方《とのがた》を喜ばせるアイテム的なっ。わ、わわ……どうしよう、わたし何にも持ってきてないよぅ～……』

ロシア語でこうちゃんが何かをつぶやいている。

相変わらず何を言ってるのかわからない。

「で、でもさ。二人とも人気者だし、スキャンダル的なものは控えないとダメなんじゃないの？」

男の家に外泊してました！　なんてマスコミにでも知られたら、お茶の間のネタにされかねない。

「……ユータさんとお付き合いしてると報じられても、むしろ堂々と報告します」

「かくごのじゅんびをしておいてください。けーむしょにぶちこまれるたのしみにしててください」

と、二人ともなんだか受け入れムードなわけで⁉

「で、でも誤解されたら嫌じゃない……？　僕みたいのと付き合ってるって思われたら」

「「ぜんぜん！　嫌じゃない！」」

女の子達が声をそろえて言う。

「……わたしはもう身も心もユータさんのものですから」

『あれ、ここここうちゃんもなんかヒロインっぽいとこ言う感じです？』

す、すごい……なんだか……とんでもないことになってるぞ！

◆

一方その頃、大桑みちるはひとり、学校の教室にいた。

朝から補習があって、午後からはテスト。今は昼休憩の時間である。

「今頃《いまごろ》勇太、あいつらと楽しくやってるのかしらね……」

ずきん、と心が痛む。だがどこか彼女は諦めていた。どうせ行っても、自分はだめなんだ。勇太と結ばれる女の子たちと、彼との姿を指をくわえて見ているだけ。

なら最初から行かない方がいい。それがいい。

と、そのときである。

ピリリッ♪　とスマホの着信音が鳴る。

意外な人物からの着信であった。出るかどうか、迷った。絶対に出たら、どうして来ないんだって言われるってわかってる。でも……ちゃんと説明しておかないと。せっかく誘ってくれたのに、いかなかったのだから。

『みーちゃん、こんにちは』

「雪おばさん……」

勇太の母からの電話に、みちるは気まずい思いをしながら応対する。

『ねえみーちゃん、どうして……お泊まり会に参加しなかったのですか？　私、お誘いの電話入れましたよね？』

やっぱりそこに言及されるか。

「今日……補習入っちゃったの。だから……いけないの」

『嘘。それは嘘よ』

雪はみちるの言葉を即座に否定する。そこには確信めいたものがあった。

『だって補習が終わってからもお泊まりにはこれるでしょ？』

「そ、それは……そう、だけど……」

物理的に不可能なのではなく、心理的に、行きたくないのだ。

多分雪は、みちるのそんな心情を察《さっ》したのだろう。

『言ってご覧なさい、ね？　怒らないわ』

雪が優しい声音で発言を促《うなが》す。嘘ではなく、本当だろう。何を言っても受け入れてくれる。

知っているのだ。勇太の母が、どういう人間か。だから甘えることにした……雪の優しさに。

「……ごめん、なさい。でも、アタシは……ひどい女だから。勇太と結ばれる、運命から外れてしまったんだ」

みちるは現在補習を受けていることを告げる。

ちょうど雪からお誘いを受けた時に、補習が入った。それは自分が勇太にふさわしい女ではないと、運命の神様が言ってるのだと思ったと。

「それに……雪さんも、アタシのこと……嫌いになったでしょ？　勇太にひどいことしちゃったんだし……」

勇太というこの世で最も大切な人間を、ないがしろにしてしまったのだ。

神とかの以前に、勇太を大事にしてる雪からも、本当は嫌われてるかもしれない……。

みちるの思考はどんどんとネガティブな方へと向かっていく。

『なぁんだ、そんなこと気にしてたのですね』

受話器の向こうから聞こえてきたのは、穏やかな声音。自分に対する嫌悪も怒りも感じられない。

『気にしなくていいのよ』

「え……で、でもあたしは……」

『年頃の男女ですもの、ケンカのひとつくらいするわよ』

「いやケンカって……フッたのよ？　傷つけたのよ？　勇太のこと」

『ええ、わかってますとも。でもねみーちゃん、あなたは別に、悪意をもってあの子をフッたのではないのでしょう？』

当たり前だ。

言うまでもない。

『なら、いいじゃない。時に傷つけながら、人は人を理解するの。みーちゃんは、あの一件で大事なことに気が付けたんでしょう？』

大事なこと。つまり、勇太のことを心から、愛してたということ。

勇太が、自分のことを、大事な幼馴染《おさななじみ》だと思っていてくれていたこと。

『ゆーちゃんもみーちゃんもお互い成長できた。ならそれでいいじゃないですか』

「………」

この人は自分を許そうとしてくれている。

なんて慈悲《じひ》深い人なのだろう。

『それにねみーちゃん、聞いたわよ。世界で一番、ゆーちゃんを愛してるんでしょう？』

どうやら勇太経由で、あの時の宣戦布告《せんせんふこく》を、聞かれていたらしい。

なんということだ。恥ずかしい……。

『いいの？　ライバルたちに、出遅れちゃうわよ？　愛する人を取られちゃう、それで、いいの？』

みちるはグッと子機を握り締める。

よくない。いいわけがない。

雪さんは許してくれた。発破《はっぱ》もかけてくれている。でも、あと一歩が踏み出せない。

「でも……アタシ、運命の神様に……」

『そんなものはいません』

ぴしゃり、と雪が断じる。

『もしいたとしても、運命がなんですか。そんなものの言いなりになって、本当に大好きな人のこと、諦めるの？　自分の気持ちを押し殺して、この先、一生ひとりで生きていけるの？』

……いやだった。勇太が好きだ。

ひとりはいやだ。彼と一緒にいたい。

雪はみちるの心の中を、まるでのぞいたみたいに、優しく言う。

『その気持ちがあるなら、大丈夫。あなたはどこまでも歩いて行けるわ。たとえ目の前に大きな障害があろうと、運命があなたを邪魔しようとも』

雪に背中を押されたみちるに、再びやる気の炎がともる。

「雪さん……アタシ、行くわ。補習ソッコーで終わらせて」

みちるの瞳に迷いはない。

力強く……彼女は思いを口にする。

「アタシは……勇太が好きだから！」

みちるの宣言に、受話器越しで、雪が笑ったような気がした。

『うん。それでいいのよ。さぁ、頑張って』

……許してくれた彼女に、感謝の念を送る。

もう心に迷いなんて一点もない。

負けない。負けてたまるものか。足踏みなんてしない。だって、勇太が好きなんだから。

ちょうど、担任が教室に入ってきた。

「大桑、スマホしまえ。追試するぞ」

「はい！　どんとこいですよ！」

みちるは気合いを入れる。追試が全く怖くない。すでに受かると確信してる。

もしも雪からの電話がなかったら、きっと後悔するとこだった。

あとでちゃんと、お礼を言わないとと思いながら、みちるはシャープペンシルを手に取る。

◆

僕んちにこうちゃんたちが泊まりに来ることになった。

あわわ……と最初は慌ててた僕だったけど、しばらくしたらちょっと落ち着いた。

「……で？　せっかくのお泊まりなのに、あなたは何をしてるのですか？」

ここは僕の部屋。ベッドに座ってるアリッサが、こうちゃんに言う。

「みさやまこうむてん！」

「……あなた、日本語できないわけじゃないんでしょ」

「できらぁ……！」

「……せめて会話のキャッチボールしなさい」

あきれるアリッサをよそに、こうちゃんは机の周りでガチャガチャと、何かをいじっている。

マイクやケーブルなど（ついさっき宅配で届いた）を取り出してセッティングしている。

「……ユータさん。この子はいったいなにしてるんですか？」

「配信の準備だってさ」

僕はアリッサに、こうなった経緯を説明する。

◆

話は数日前。夏休みに入る前のこと。

その日僕は、こうちゃんの動画配信にお邪魔させてもらっていた。

目的は僕心の宣伝。

彼女は動画配信サイトで積極的に配信をおこなっており、凄い数の視聴者数を集めているのだ。

『かみにーさまっ、にーさまの絵を描きました！』

『僕の絵？　どういうこと？』

『いつまでも、声だけじゃさびしいかなって思って……じゃーん！』

配信画面に、彼女の書いたイラストが表示される。

こうちゃんが僕のイラストを描いてくれたのだ。

と言っても、別にリアルの僕に寄せていない。

デフォルメされたキャラ……なんだけど。

『こうちゃん、なんで……絵が女の子なの？』

彼女から渡されたのは、女の子だったのだ。

紫色の髪で、片目を隠した巨乳美人の絵。

これが僕？

『最近Ｖｔｕｂｅｒでもいるんですよ、女子のキャラの外見に、中身が男の人の配信者っ！』

『いやいや……さすがに受け入れられないでしょこれ……ねえ？』

と思ったけど、コメント欄が凄《すさ》まじい勢いで流れていった。

【すげえｗ】

【めっちゃかわヨ！】

【カミマツちゃん先生ちょー美人ー！】

ええー……絶賛されてる。

みんなちょっと懐広すぎない？

『かみにーさまのために、頑張ってデザインしちゃった！　ほめてほめてっ』

うきうきとした雰囲気《ふんいき》が画面越しに伝わってくる。

『うん……すごいよこれ……普通にクオリティ高いし……』

『きちゃあ♡　かみにーさまがほめてくれた、うれしー！』

『……てゆーか、こんなハイクオリティな絵、描いてもらって申し訳ないよ。いくら出せば良い？』

『え、いりませんぞ。だって趣味《しゅみ》で、にーさまのためだけにかいたんだもん』

超人気の神絵師がただでイラスト描いてくれるなんて……も、申し訳なさすぎる……。

【愛されてるねーかみにーさまw】

【てか、にーさまも配信やれば良いのにー】

ふと、そんなコメントが流れた。

【それね！　せっかく美しい肉体てにいれたんだしw】

【かみにーさまの配信みてみたいー！】

【ぜひやってくださいよー！】

『いやいや……配信なんてできないよ。やりかたもわからないし、機材もないし……』

するとこうちゃんが興奮気味に言う。

『やりましょう！　ぜんぶわたしが用意しますので！　ぜひ！　ぜひー！』

◆

「で、今に至《いた》るって訳」

ちょうど説明を終えたところで、こうちゃんが立ち上がる。

「配信環境、かんせいー！」

ふう……とこうちゃんが額《ひたい》の汗を拭《ぬぐ》う。

「すごい、あっという間に終わっちゃったね」

「わたし……機械いじり、すきなのでっ！」

深窓《しんそう》の令嬢な見た目の割に趣味がゴリゴリの理系だった。

「……これで配信できるんですか？」

しげしげと、アリッサが机の上の機材を見渡して言う。

「いえーす」

こうちゃんが腕を組んでうなずく。

『これでかみにーさまも、今日からバーチャル美少女配信者よ』

「何から何までありがとね」

僕はこうちゃんの頭をよしよしとなでる。

「あぅうう……」

とこうちゃんが首を引っ込《こ》める。

「あ、ごめん。子供扱いしちゃって」

幼い見た目だから、どうしても妹と接しているみたいになっちゃうんだよね。

『こうちゃんはね。昨今の主人公に少し頭なでられたりニコってされたりするだけで、惚《ほ》れちゃう系ヒロインに、苦言を呈《てい》したい！　リアリティないじゃんそんなのって。でもすまん！　今わかった！　こうちゃんもちょろインだ！』

こうちゃんが自分の体をだいて、ぎりぎりと身もだえていた。

これは……喜んでるのだろうか。ロシア語だからよくわからない。

まあでも、嫌がってないなら安心した。

「かみにーさま。配信テスト。ここ、座って」

こうちゃんがコロコロ、と机の前に椅子を移動させる。

……ちなみにこれ、こうちゃんが事前に注文していた、ゲーミングチェアだ。

僕の配信が決まった瞬間に注文して、この家に届くように手配していたらしい。

ものの数分で、あっという間にこの椅子を組み立てていた。まじ理系……。

「じゃ、よいしょ」

素晴らしい座り心地の椅子だ。

ぜんぜん背中が痛くない。

「配信、長い時間座ってる。いい椅子……必要！」

「ありがとう何から何まで」

『いいってことよ。未来の旦那《だんな》への先行投資さ。あとでこうちゃんパラサイトすっから。ニート王に、おれはなる！』

ロシア語で何かをつぶやきながら、こうちゃんがテキパキと作業をする。

「……この子絶対、ろくでもないこと言ってますよ？」

「うん、僕もわかってる」

でもいいかなって最近思ってる。こうちゃんのかわいいとこだしね。

「これで、顔うごかして」

パソコンに内蔵されてるウェブカメラが、僕を捕《と》らえている。

画面上には、こうちゃんの作ってくれた美女アバターが映し出されていた。

「こう？」

僕が顔を左右に動かしてみると、アバターの顔も僕に合わせて動く。

「……すごいです。ユータさんの動きに合わせて、キャラが動いてる」

はー、とアリッサが感心したようにつぶやく。

配信でよく見るようなことが、まさか自分でできる日が来るなんて思わなかった。

「ありがとうねこうちゃん……こうちゃん？」

彼女は凄まじい勢いでキーボードを操作している。

っつったーーん！　……とこうちゃんがキーボードのエンターを強く打った。

「かみにーさま、ゆーちゅーぶのチャンネル、開設しときました！」

「は、速い……！」

『ジェバンニが一晩でやっておいたよー！　えっへん！』

相変わらずロシア語で何を言ってるのか不明だけど、褒めて欲しそうなのはわかった。

「ありがとう、こうちゃん♡」

『ふっ、たくよぉ。ちょろインってやつは困るよね。主人公に少しお礼言われただけで心臓が高鳴っちまうんなんてね。リアリティがないっつーか。ま、こうちゃんもドキドキですわ』

ふへふへ、とこうちゃんが笑っている。

「まさか僕も配信者になるなんてね……」

「さっそく初配信を……って、ええー⁉」

こうちゃんが目を剝《む》いて叫ぶ。

「どうしたの？」

「か、かみにーさま！　チャンネル登録者が！　見て！」

「登録者……？」

ユーチューブでは、好きな動画配信チャンネルを、利用者が登録できる。

動画がアップされると知らせが行くようになるんだ。

「いち、じゅー、ひゃく……わ、一〇万人だって。へえ……これがどうしたの？」

僕が二人に言うと、こうちゃんたちが目を丸くしている。

「すご……すぎるよ……！」

こうちゃんが興奮気味に言う。

「チャンネル開設してまだ五分も経《た》ってないのに……もう登録者数一〇万人なんて。さすがユータさんです♡」

アリッサが感心したようにつぶやく。

「へえ……それって凄いことなの？」

ぶんぶん！　とこうちゃんが何度も首を縦に振る。

「しゅごしゅぎる……！」

「……でも……なんで増えたのでしょうか？」

はてとアリッサが首をかしげる。うーん、思い当たることっていうと……。

「あ、そういえばさっき活動報告とツイッターで、Vになりますって報告したな」

「それだ！」

「……さすがユータさんの影響力は尋常《じんじょう》ではありませんね」

「あ、二〇万人になった」

「どしぇぇえええええええ！」

「あ、三〇……四〇……なんかめっちゃドンドン登録されてる」

こうちゃんが目を剝いて叫ぶ。

『規格外だよぉ。かみにーさま…すごい。さすが神作家の知名度……すごすぎる……！』

わぁわぁ、とこうちゃんが大はしゃぎする。

動画配信なんてやったことないので、登録者数の伸びなんてわからないから、よくわからないや。

「さっそく、配信しましょう！　かみにーさま、準備準備！」

こうちゃんがヘッドセットを取り付けて、ちゃかちゃかと何か作業する。

「え、こ、これから配信するの？」

『善《ぜん》は急げ、私の好きな言葉です』

こくんこくんとこうちゃんがうなずく。

「でも……なにをどうすればいいのかわからないけど……」

「だいじょーぶ！　こうちゃんPに、おまかせあれー！」

その日、こうちゃんP主導で、初配信をした。

登録者数はなんか、すんごい数になって、こうちゃんが驚愕していた。

『海外ニキからの人気があるって思ってたけどここまでなんて！　いけるで、これは動画配信者としても食ってけますわ！　いける、こうちゃんの理想のヒモ生活は着実に……え、出版社が違うからダメ？　のー？　うるせえ！　そういうの恐《おそ》れてたら何も表現できんじゃろうがよぉ！』

ロシア語で大興奮ぎみに何かをつぶやくこうちゃん。

結局、たまにこうちゃんとゲームや雑談配信をすることになったのだった。

◆

その日の夕方。母さんたちはホテルへと出発。詩子も友達の家へと向かい、あとには僕らだけが残された。

僕んちの台所には、エプロンをつけた美少女が立っている。

「……ユータさんのために、愛情たっぷりのお料理を振る舞いますね♡」

ふわふわの髪の毛を髪留めでアップにまとめて、アリッサが言う。

若奥様みたいな感じがした。

『こうちゃん料理はコンビニかウーバーだから見学してよっと』

ロシア語で何かをつぶやくこうちゃん。

「じゃあ楽しみにしてるね」

「はいっ！」

アリッサの邪魔にならないように、僕らはリビングへと移動する。

ソファに座る僕。

なぜかこうちゃんは、僕の膝の上に乗る。

「こ、こうちゃん……？　どうしてそこに？」

えへへっ♡　とこうちゃんが無邪気《むじゃき》な笑顔を浮かべる。

『なんだかんだかみにーさまのそばって落ち着くんだよね。おっとヒロイン力高い？』

「ほ、ほかに空いてる席あるから」

「ワターシ、ニホンゴ、ワカリマセーン」

「今更外国人キャラぶられても……！」

『ふふふ……都合《つごう》の悪い言葉は聞こえない、難聴系主人公スキル発動だよ！　こうやってかみにーさまを独占する……こうちゃんは、策士では……？』

すりすり、とこうちゃんが僕の胸板《むないた》に頬ずりをする。

ダンッ……！と、台所から、何かを強く打つ音がした。

「「な、なにごとっ？」」

僕らがおそるおそる台所をのぞくと……。

背後から黒いオーラを噴出《ふんしゅつ》する、アリッサの姿があった。

「………」

アリッサは手に持った包丁《ほうちょう》を高く振り上げると、ダンッ……！　と魚の頭部を切り落とした。

「あ、アリッサ……どうしたの？」

「……なかなかお魚の頭が切り落とせなくって」

ダンッ……！

鬼気迫《ききせま》る表情の彼女に、僕とこうちゃんは抱き合ってガタガタ震える。

「や、やまんば……？」

「……誰が、ですか？」

にっこり……とアリッサが笑う。

「ひぅ……！」

くたぁ……とこうちゃんが体の力を抜いて、僕に寄りかかってくる。

「だ、大丈夫こうちゃん……！」

「こ、こわいよぉ～……」

きゅーっとこうちゃんが抱きついてくる。

ダンッ……！　ダンッ……！　ダンッ……！

とアリッサが八つ当たりのように包丁をたたきつける。

「か、かみにーさま……？　これ……やばいやつ……では？」

こうちゃんが不安げに僕を見上げる。

た、確かに……アリッサの包丁の持ち方を見てると……。

「だ、大丈夫でしょ。アリッサ、なんか料理できそうな雰囲気だし。うん、大丈夫だよ。絶対」

「それ……フラグだよ、かみにーさま……」

……ややあって。

彼女の料理が完成したらしく、リビングへと帰ってきた。

得意《とくい》げな彼女の顔を見ていると、否《いや》が応《おう》でも期待値が上がる……！

「……ユータさんのため、愛情たっぷりの料理を作りました。こちらになります」

どんっ！　とアリッサがテーブルの上に鍋を置く。

「「…………」」

僕とこうちゃんは……フリーズした。

「あ、あの……アリッサ？」

「……はい♡　なんですか？」

にこにこー、とアリッサがとても良い笑顔を浮かべている。

褒めて欲しそう……。

いや、でも……。

「こ、この……黒い物体は、なに？」

鍋のなかにあったものを形容するなら……黒。

本当に黒一色の液体が入ってるだけなのだ。

「ま、まっくろくろすけでておいでー！」

こうちゃんが軽くパニックを起こしている。

「アリッサさん、お鍋焦《こ》がしちゃったの……？」

けれどもアリッサは不思議そうに首をかしげる。

「……火加減はちょうど良いはずですが？」

「「………」」

僕らは、悟った。

『悲報！　歌手アリッサ・洗馬《せば》、料理ド下手くそだったー！』

こうちゃんがロシア語で何かを言っている。

けど確実に何か良くないことを言ってる気がする……！

「え、ええっと……その……あ、アリッサ？　こ、この……これ……なに？」

はて？　とアリッサが首をかしげる。

「……カレー以外の何に見えるのでしょう？」

「か、カレーっすか……」

その割に具材が一切入ってないように見える……。

しかも焦げたって感じじゃなくて、マジで黒いどろっとした液体がなみなみ入っているのだ。

てゆーか魚どこいった⁉

「か、かみにーさま……おゆーはん……ヤバヤバ」

額《ひたい》に汗をかくこうちゃん。

『どう見ても謎《なぞ》の黒い液体……！　今からでも遅くない、ピザを頼みましょう！』

何かをまた言ってるけど、伝えたいことはわかった。

ピザの宅配のチラシをその手に持っていたから……。

「いや、こうちゃん。それはさすがに……」

と、そのときだった。

ピンポーン……♪

「お、お客さんかなっ！」

僕はドタバタと足音を立てながら玄関へと向かう。

扉を開けるとみちるが、ちょうどやってきたのだ。

「こ、こんばんは。遅くなってごめんね」

みちるも母さんに呼ばれてたんだ。まあでもそうか、母さんがみちるだけ仲間はずれにするわけないもんね。

「ううん、ぜんぜんいいよ」

僕がそう言うと、みちるが目を閉じる。「……雪さんの言うとおりだった」と小さく何かをつぶやていた。なんだろう、でも……なんだか吹《ふ》っ切《き》れた表情してる。

「あんたたち……夕飯もう食べた？」

「え？」

彼女は後ろ手に持っていたスーパーの袋を僕に見せてくる。

「夕飯の買い物してきたの。遅くなったけど、今から作るわ」

その先を言わせず、僕はみちるの体を、正面から抱きしめる。

「にゃ……♡　にゃ……にゃにを……？」

「みちる……ありがとう！　助かったよ！」

もう夕飯は黒い謎物体だけになるはずだったところに、救いの女神《めがみ》が現《あらわ》れた！

「……や、ゆ、勇太……だめだよ。離して……」

「あ、ごめん」

ぱっ、と僕はみちるから離れる。

彼女は顔を真っ赤しながら僕を見上げる。

「……なんですぐ離しちゃうの？」

「え、なんだって？」

「……なんでもないわよ、ばか」

うらめしそうに言う彼女に、僕は言う。

「それじゃ、台所借りるわね」

みちるが笑顔でうなずく。

僕が彼女を連れてリビングへと戻る。

『おおっとぉ！　ここで幼馴染が乱入だぁ！』

こうちゃんがロシア語で何事かを叫ぶ。

「……あなたですか。来なくていいのに、まったく……」

すでにここにいるメンツとは面識がある。ちらっと彼女らを見渡して、こほんと咳払《せきばら》いする。

「どうも、アタシも参加……ううん、参戦することになったんで。ヨロシク」

なんだかすごみを感じる……。

アリッサは不快《ふかい》そうに顔をしかめ、こうちゃんはオヤツのポテチを食べていた。

「で、勇太……なんなの、これ……？」

ダイニングテーブルの上に乗っている物体を、みちるが指さす。

「この……暗黒物質は……？」

『い、言っちゃったー！　誰もが言いにくいことを平然と言ってのけるぅ……！　そこにしびれるあこがれるぅ……！』

こうちゃんがロシア語で何かを言ってる。

けどなんだかみちるにキラキラした目を向けていた。

「暗黒物質……ですって？」

ずいっ、とアリッサが一歩前に出る。

隠しきれない不機嫌オーラがダダ漏《も》れだった……！

「……人が愛情込めて作った料理に、ケチをつけるって言うのですか？」

『ひー！　アリッサ怖いよぉ～。かみにーさまのお母さん並みに怖いよぉ！』

こうちゃんは僕の腰《こし》にしがみついてブルブル震える。

僕もまた怖かった。

「別に。ケチはつけてないわ。ただ……これ食べれるの？」

「……もちろん」

「ふーん……味見させてもらうわよ」

みちるは取り皿を、キッチンから持ってきて、一口分掬《すく》う。

匂いを嗅《か》いで、顔をしかめる。

くいっ、と一口飲んだ。

『い、いったぁ！　みちる選手、暗黒物質を飲み込んだ、これはどうなるぅ……！』

こうちゃん、ロシア語でノリノリで何か言ってる。

「ゲホッ！　ゴホッ！　ゴホッ！」

みちるが急に咳き込みだした。

「だ、大丈夫⁉」

僕は慌ててコップに水を入れて、みちるに差し出す。

　彼女は無言で水を五杯くらいおかわりして……やっと口を開いた。

「あ、あんた……これ……ヤバすぎる。うぷ……苦みと……辛さと……生臭《なまぐさ》さがミックスして、とんでもない物体になってるわよ」

「……嘘です。ユータ様の前でそんなことを言うなんて」

「じゃああんた、食べてみなさいよ」

　アリッサはうなずいて、一口啜る。

「どう？」

「……………………食べれます」

　重々しい口調でアリッサが答える。額に脂汗《あぶらあせ》が浮かび、我慢《がまん》しているのが見え見えだ。

　みちるはあきれながら彼女に言う。

「いや、食べれる食べれないを聞いてるんじゃなくて……」

「……食べれます。……………ギリ」

「あんた……せめて作ったら味見くらいしなさいよ」

　はぁ、とみちるがため息をつく。

「……偉そうに。そんなに言うなら、あなたがカレーを作ってみなさい。人に難癖《なんくせ》つけるのですから、さぞ料理がお得意なのでしょう？」

　どこか挑発するような物言いのアリッサに、みちるはため息交じりに言う。

「人並みよ。……まあ別に良いわ。作ってあげる。ちょうど具材もあるしね」

みちるがキッチンへと歩いて行く。

『これは美人系ヒロインと幼馴染ヒロインのヒロイン力との直接対決だー！　ラブコメでよく見るやつぅ！』

こうちゃんがさっきからノリノリだった。

◆

ややあって。

「『「ごちそうさまでしたー！」』」

リビングのテーブルには、カラになったお皿が並ぶ。

「あいかわらず、本当においしかったよ」

みちるの料理の腕前がプロ級なのは知っているため、僕は普段通り言う。

食べるのは久々だったけどね。

「ど、どーも……ふへへ♡」

『みちるの姉御《あねご》！　めちゃうまだった！　美味《うま》すぎて……馬になるところだったー！』

こうちゃんも僕同様に、みちるの料理に大満足のようだ。

「…………」

唯一《ゆいいつ》アリッサだけが、複雑そうな表情で、カラになったお皿を前にしている。

『アリッサ選手ダウーーン！　みちる選手との圧倒的な料理の技術の差を前に完・全・敗・北だぁ……！　愛しの彼の前での敗北、これは悔《くや》しぃぃい！』

こうちゃんがフンスフンスと鼻息荒く、ロシア語で何かを言う。

みちるは腕を組んで、アリッサに得意げに言う。

「どうよ？　お味は？」

「……料理は美味《おい》しかったです。文句《もんく》なしに」

「あらどうも。お粗末《そまつ》様」

ぎゅっ、とアリッサが唇をかみしめる。

「……負けました。悔しいけど、完敗です」

ぺこり、とアリッサが頭を下げる。

「あ、アリッサ……勝ち負けとかないから。うん、美味しかったよ……アリッサのカレーも」

みんなアリッサカレーに手をつけようとしなかった。

僕だけは頑張って食べてみた。

味は…………………………うん。オイシカッタデスメチャクチャアババ。

はっ！　い、一瞬天国が見えた……。

「……ユータさん」

目を潤《うる》ませながら、彼女がテーブル越しに、僕の手を握ってくる。

「……ありがとうございます。やっぱりあなたは誰より優しい……殿方です。……大好き♡」

チュッ……♡　とアリッサが僕の手の甲にキスしてきた。

「んなっ……⁉　ななっ！」

みちるが目を剝いて僕とアリッサを見やる。

「な、何やってるのよっ」

「……あら、何か問題でもおありですか？」

すました顔でアリッサが元の位置に戻って言う。

「ひ、人目がある中で、なにあんな大胆《だいたん》なことしてるのよ！　き、キスなんて……」

「……別に良いではありませんか。わたしはユータさんが好き。大好き。死ぬほど彼を愛してます」

アリッサが真剣な表情で言う。

彼女のストレートすぎる好意の言葉に、こそばゆさを覚える。

「……あなたはユータさんのこと、どう思ってるんです？」

アリッサは真《ま》っ直《す》ぐにみちるを見て問いかける。

「アタシ……アタシは……」

彼女は目を泳がせる。

真っ直ぐに見るアリッサとは対照的だ。

でも彼女はぎゅっ、と下唇をかみしめる。

「アタシだって、ユータが好き……大好きよ！」

顔を真っ赤にしてみちるが叫ぶ。

目を涙で潤ませながら言う。

「姉御……まじかっけー！」

こうちゃんが興奮気味に言う。

アリッサ、そしてみちる。ふたりの可愛い女の子たちからの告白。

本来なら、一人からだってされないようなことなのに、僕はなんて……贅沢《ぜいたく》なんだろう。

本気、なのか、弾《はず》みなのかわからない。でも冗談で言うようなことではない、と信じたい。

だから僕は……とりあえずお礼を言う。

「えっと……その……ありがとう」

「〜〜〜〜〜………………！！」

かぁ〜……とみちるが顔を赤くしてうつむく。

勢いで告ったけど、正気に戻った……みたいな？

「……やはり、あなたもそうでしたか」

アリッサは顔をしかめる。

「……初めて会った時から一発でわかりました。この人、ユータさんのこと好きだなって」

「え、そ、そうなの？」

「……ええ、見ればわかります。好意がだだもれです。好きで好きで夜も眠れず、ユータさんを思って毎晩自慰《じい》にふけっている……そんな感じがしました」

「じ、自慰……って！　ちょっ⁉　あ、あ、あんた何バカなこと言ってるのよ！」

みちるが顔面真っ赤にしてアリッサにくってかかる。

「……その過剰《かじょう》なリアクション。間抜けは見つかったようですね」

「なっ⁉　か、カマかけたのねあんたー！」

すました顔のアリッサ。

「え、えっと……みちる……？」

僕と彼女とが、バッチリと目が合う。

き、気まずい……。

え、ぼ、僕でその……してたって……マジなの……？

「な、なによ！　悪い⁉　好きな男の子を思って自分を慰《なぐさ》めちゃ⁉」

なんかとんでもないこと言ってるー⁉

「現実じゃあんたのまわり可愛い女の子ばっかりで！　入り込む余地がないんだから！

妄想《もうそう》の中くらい勇太に抱かれてもいいじゃない！」

「み、みちる……落ち着いて」

僕がみちるの肩を摑んで言う。

「れ、冷静になろ？　とんでもないこと言ってるよ、わりと？」

「ふぇ…………………あ」

みちるがこれ以上無いくらい、肌を真っ赤にする。

「…………………………きゅう」

ばたんっ！　とみちるは机に突っ伏す。

ショックが大きすぎて頭がショートしちゃったのか！

「だ、大丈夫かみちるぅー⁉」

◆

上松勇太の家に、彼を慕《した》う女子達が泊まりに来ている。

その日の夜、アリッサ・洗馬はふと目を覚《さ》ます。

彼女がいるのは勇太の妹の部屋だ。

こうは勇太の両親の寝室を使っている。

「……ユータさん」

愛しい彼の姿が脳裏《のうり》をよぎる。

彼を思い出すだけで胸の中に温かな気持ちが流れ込んでくる。

……だが、それと同時に不安な影も落とすことになった。

今日出会った、幼馴染だという女のせいだ。

「…………」

アリッサはユータと話がしたくなり、ベッドを抜け出す。

彼の部屋の前までやってきて、ノックする。

「……ユータさん。夜分にすみません。少々お話があるのですが……」

しかしノックしても反応がない。耳をそばだててみたが、中に人が居る様子もなかった。

いけないことだとわかっていても、アリッサは彼の部屋のドアを開けてしまった。

だが思った通り、中にユータの姿はない。

いったん部屋を出て、彼を探しにいく。

二階には人気が無かった。

一階に降りて……アリッサは目撃してしまう。

「……ユータさん……あっ」

彼がいたのは、リビングスペースだ。

ソファの背を倒してそこにシーツを敷き、その上に……あの幼馴染の少女がいた。
勇太はみちるの看病をしているようだ。
先ほどの夕飯のとき、みちるはパニックを起こして気を失った。
勇太は大慌てで彼女を介抱《かいほう》した。
それだけでなく、終始心配そうにしていた。
胸がぎゅっ、と締め付けられた。
みちるに対する特別な対応を見て、そこからふたりの積み重ね……歴史を感じ取れた。
きっと彼は幼馴染と、長い時間を共有しているのだろう。
……一方で自分はユータと出会ってまだ間もない。
彼にとってみちるは大事な存在なのだろう。
だが……自分は？
自分は彼にとっての……何？
きゅっ、とアリッサは下唇をかみしめる。
胸の中にあるのは、あの女に対する激しい嫉妬《しっと》だ。
なぜあんなやつを大事にするんだ？
だって……この子は……勇太のことを……。
と、そのときだった。

大桑みちるが目を覚ましたのである。

「……勇太？」

「あ、みちる。起きたんだねっ」

彼の弾んだ声音と、安堵《あんど》の表情。

それらがさらに、アリッサの胸を締め付ける。

「アタシ……あのあと……」

「気を失っちゃってたよ」

「そ、そう……あ、あのさ。さっきの、あれは……忘れて」

「はいはい、わかったよ」

みちるは拗《す》ねたように頰を膨《ふく》らませる。

だが彼の笑顔を見て……ふっと表情をほころばせた。

……仲の良い二人の姿を目撃し、アリッサは耐えきれなくなってその場を後にした。

「……ずるい」

アリッサが向かう先は自分にあてがわれた寝室、ではなく、勇太の部屋だった。

彼の使っているベッドに潜り込む。

布団を頭からかぶると、彼に抱きしめられている気持ちになる。

「………………ん」

アリッサは布団の中で丸くなり、彼に激しく求められる妄想をする。

大好きな人のベッドで横になってると思うと余計に興奮した。

勇太にはハシタナイ女と思われたくなくて黙っていたが、大桑みちると同様に、彼女もまた勇太を思って自分を何度も慰めていた。

彼女がみちるの好意に、そしてみちるの行為に気づけたのは、簡単だ。

自分と同じ……つまり、同族だから。

みちるを毛嫌いするのもまた、同族嫌悪の感情を起因《きいん》とする。

すなわち、勇太を心から愛してる者同士だから。

「……ユータさん。……あぁ……ユータさん……」

……だが、妄想の中で彼に抱かれるほど、むなしさが募《つの》る。

特に今日はさみしかった。先ほど幼馴染と一緒に居るときの、勇太を目撃してしまったから。

「……好き……♡　大好き……もっと……わたしを見て……わたしだけを……見、てぇ……」

◆

え、どうしてこうなった……？

目の前の状況に困惑《こんわく》するしかなかった。

みんなが泊まりに来た夜、僕はリビングにいるみちるが気になって、一度降りてきた。

みちるの無事を確かめて、自分の部屋に戻ってきたんだ。

……そしたら中から声がした。

どうしたんだろうと思って部屋のドアを開け、のぞき見た。

……中では金髪の美少女アリッサが、その……自分を慰めてらした。どうしてこうなった。

「と、とりあえず見なかったことにしよ……う、うん。そうしよう」

こっそりとその場を後にしようとした……そのときだ。

「ふぁー……かみにー……さまぁ〜……？」

「うおっ！」

突然声をかけられて、思わずその場に尻餅《しりもち》をついてしまった。

廊下に立っていたのは、こうちゃんだった。

眠たげな表情でこちらを見上げている。

「ふにゃ……どうしたのぉー……？」

「な、なんでもないよ。そっちこそどうしたの？」

「おトイレぇー……してきたのぉー……」

「そ、そっか……おやすみ」

「ふぁーい……」

ぽてぽて、とこうちゃんが歩いて行って、自分の部屋の中に入っていった。

「ま、まずい……バレてる？　い、いや……バレてない……よね」

中を確かめる勇気が無かった。

このまま出て行こうとした……そのとき。

ドアが開いて、中から勢いよく腕を捕まれた。

「え⁉　ちょっ……！」

部屋の中へと引き寄せられる。

「わわっ。えっと……え？」

床に尻餅をつき、見上げるとそこには、アリッサ・洗馬がいた。

薄手のネグリジェ一枚だった。

彼女が着ていたはずのパジャマは、ベッドの上に脱ぎ捨てられていた。

つまりこの、黒くてスケスケのエッチなネグリジェは、パジャマの下に着ていたってわけで……。

彼女の大きな乳房《ちぶさ》が、薄い布一枚を隔《へだ》てた向こうにある。

月明かりに照らされたその美しい裸身は、まるで女神のように見えた。

「こ、こんばんは……」

「………」

がちゃりっ。

アリッサは部屋の鍵《かぎ》を後ろ手に閉める。

「あ、あの……アリッサさん？」

「……見て、いらしたんですね？」

彼女の青い瞳が僕をジッと見つめてくる。

「え、えっとぉー……な、なんのことかな？」

彼女はしゃがみ込んで、僕のお腹の上に乗る。

「あ、アリッサ⁉」

「……見ていらしたんです、よね？」

彼女が四《よ》つん這《ば》いになって顔を近づけてきた。

……甘い。

果実のような甘酸《あまず》っぱい匂いが鼻腔《びこう》をくすぐる。

いつも良い匂いのする彼女だが、特に今は甘い香りをただよわせる。

うっすらと額に汗をかいていた。

さっきまでの行為の激しさを物語っている。

美の化身とも言える整った顔つき。

長い金髪の向こうで、彼女の起伏《きふく》に富《と》んだ女性的な裸身がちらつく。

「……正直に、おっしゃってください」

「あ、はい……えっと……見ました。……ごめんなさい」

彼女は起き上がると、ベッドに腰を下ろす。

自分の隣を、ぽんぽんと叩く。

す、座れってことかな……？

気まずさはあるけど、逃げられる雰囲気ではない。

僕はアリッサの隣に座る。

「……ハシタナイ女だと、幻滅《げんめつ》なさったでしょう？」

「ま、まさか！　全然そんなことないよ！」

そりゃ、戻ってきたらいきなりあんなことになってて……驚きはしたけど……。

そんな幻滅するようなことはなかった。むしろ、ドキドキしてしまった。

見入ってしまって……こう、言えないけど、ムラムラとした。

「……ユータさんは、優しいです。本当に……誰よりも……」

きゅっ、とアリッサが唇をかみしめる。

「……だから、嫌なんです」

「え？　わっ……！」

アリッサは僕を横から抱きしめる。

「あ、アリッサさん⁉」

彼女は強く強く僕を抱きしめた。

逃げようとしても、逃げられない。

彼女からは僕を離すまいという、強い意志が感じられた。

「……わたし、あなたが大好きなんです」

アリッサの声が震えていた。

「……あなたが好きで好きで、あなたのこと一日中考えてます。あなたに会えないとつらくて……あなたに会えると心がぽかぽかして……あなたと別れるとさみしくって……毎晩あなたに抱かれる妄想をして自分を慰めてました」

先ほどベッドでの彼女。

あれは、今日に限った話ではなかったんだ……。

「……でも、足りないんです。全然満たされないんです。ユータさん……ああ……」

彼女が僕に顔を近づける。

すごい、近い……。心臓の鼓動が伝わってくる。

激しく脈打っていた。彼女が興奮しているのだろう。

僕もアリッサに抱きしめられて、顔が近くにあって……ドキドキしっぱなしだった。

「……あの幼馴染のことなんて、見ないでください。あなたがあの子を見てるだけで胸が痛いんです……」

真っ直ぐに僕を見てくるアリッサ。

「……わたしだけを見て。わたし以外を見ないでください」

彼女が懇願《こんがん》してくる。僕を好きだと言って、自分だけを見てほしいと、美少女から言い寄られる。そんなこと、この先の人生であるだろうか。

ここでイエス……と僕はすぐに答えられなかった。アリッサだけじゃない、僕には、気になる子がほかにもいるんだ……。

「いや……でも……心配だったし……」

僕の煮《に》えきれない態度に、彼女は腹を立てることはなかった。

より一層僕に、訴《うった》えかけるように言う。

「……嫌なんです。わたし、だれにもあなたを譲《ゆず》りたくないんです」

彼女の青い瞳が涙で濡れていた。

興奮しているのか、顔は真っ赤で、呼吸《こきゅう》は荒い。

このまま流されてしまいそうになる。でも……僕は、そんな意気地《いくじ》はなかった。

「あ、アリッサ……いったん冷静になろう」

「……冷静になったら、わたしとお付き合いしてくれます……？」

「いやそれは……」

と、そのときだった。

アリッサは目を閉じて呼吸をすると……ぐいっ、と僕を抱き寄せる。

ちゅっ……♡

「え？」

僕の唇に、彼女の唇が重なる。

突然のことに僕は硬直する。そんなことお構いなしに、彼女が舌を絡《から》めてくる。

ぬるぬると動く舌と唇の感触。なんだ……これ？　今まで……こんなこと感じたことないくらい、気持ちがいい。

……長い、長い、キスだった。

「……ユータさんに、大人のキス……しちゃいました」

……それが僕の最後の光景となった。もう、気持ちいいやら、恥ずかしいやらで、僕は気を失ったのだった。

◆

勇太の家に泊まった翌日、みちるは違和感を覚えていた。

「……ユータさん♡　はい、どうぞ♡」

リビングにて、アリッサは勇太の隣に座っている。

コーヒーカップを差し出してくる彼女に、勇太はあからさまに目をそらして返事をする。

「あ、ありが、と……」

ところが、しばらくすると真っ赤な顔をして彼女を見やる。

目が合うと再びさっと目をそらす。

みちるにはすぐにわかった。なにかあったのだと。

「ちょっと、面《つら》かしなさいよ」

食後、みちるはアリッサを呼び出す。相手が超売れっ子歌手だろうと、関係ない。

臆《おく》することなくみちるはアリッサに声をかける。

「……いいですけど」

アリッサとともに、みちるは昨日泊まった部屋まで来た。

「あんた、勇太と何かしたでしょ？」

彼女は目を少し丸くすると、ふん、と鼻を鳴らす。

「……ええ、しましたよ？　キス、しました」

「んが！」

「キスぅううううううううう⁉」

振り返るとそこにはこうがいた。

『やりよるな……おぬし』

こうは感心したようにうなずいてる。

みちるはそんなこうの様子に戸惑《とまど》う。

「な、何普通に許してるのよ！　こいつ抜《ぬ》け駆《が》けしたのよ⁉」

「……抜け駆け？　恋愛とは奪い合い。そんなことも知らないのです、おこちゃま？」

……頭に血が上ったが、確かにそうだ。椅子は一つしかないのだ。

うかうかしていたら、特等席は取られてしまうのである。

だとしても、一人抜け駆けして、密会し、あまつさえキスをした。

「……アタシ、あんた嫌い」

「……ふん。わたしだって嫌いです」

二人の視線がぶつかり合う。互いに勇太が好きだからこそ、近くにいる女が憎《にく》いのだ。

『ひゃー！　修羅場ってる！　ラブコメっぽくなってきましたなぁ！』

こうはこの状況を楽しんでいる様子。

「とにかく！　アタシは誰にも負けないし、全員敵だと思ってるから。特にアリッサはね」

「……わたしだって、あなたが嫌いです」

ふん！　とそっぽ向く恋する乙女ふたりであった。

◆

アリッサたちが帰った、その日の夜。

僕はベッドで寝転びながら、由梨恵とライン通話していた。

イベントを終えた彼女から連絡が来たのである。

『いーなー、みんなでお泊まりだなんてー！』

電話の向こうで由梨恵の悲痛なる叫び声が聞こえてきた。

本当に残念そうだ。よっぽど泊りたかったんだろうなぁ。

「また今度ね」

『うん！　今度！　今度……いつになるかなぁ……』

「ほんとに忙しいんだね由梨恵って」

『うん！　特に今年はデジマスのイベントすっごいたくっさん！』

「そ、そっか……お疲れ様です。ごめんね……なんか僕のせいで、忙しくさせちゃって」

『あはは！　勇太君が謝る必要ないじゃん！　ファンもスタッフも、みーんなを、たーっくさん幸せにしている作品だって証拠《しょうこ》だよ！　胸を張って、カミマツ先生！』

由梨恵はいつだって、ポジティブな言葉で僕を励《はげ》ましてくれる。

その明るい雰囲気に僕は心が洗われる。しゃべってて本当に楽しい。

『わ！　ごめん、もう次のイベント移動の時間だ！』

「え……」

そんな……もう時間なんて……。

『ごめんね！　あ、そうだ！　たぶん近いうち会えると思う！』

「え！　ほんとっ」

『うん！　おたのしみに！　ではではー！』

由梨恵が電話を切る。えへへ、会えるんだぁ……。でも近いうちってなんだろう。

何にしても、楽しみだなぁ……。

「…………」

電話を切った僕は、ついさっきまでの話題を思い出す。

僕は由梨恵と、お泊まり会の時のことを話していた。

でも……僕はアリッサにディープキスされたことは、言えなかった。

「言えないよ……だって……」

もし言って、由梨恵が僕のこと嫌ってしまったら……嫌だから。

……でも、アリッサにキスされたことは、うれしかったし。

もちろん、みちるから今でも好きだって言ってもらえたことも、うれしかった。

「……うう」

僕は誰に対しても、いい顔をしようとしてる？　いや、だって……でも……ううん。

女の子のことで頭の中がいっぱいで、もんもんとしながら、夏の夜は過ぎていった。

第2章 夏コミ行くんでしょ！　私もいくーー！

あくる日、僕は父さんたちが作った新レーベルの出版社に足を運んでいた。

デジマスや僕心《ぼくここ》を出版している編集部から、さほど遠くない雑居ビルの中。

父さんたちはここを新しい編集部のオフィスとして借りてるらしい。

まだ引っ越し作業中ということで、編集部はものであふれかえっている。

段ボールの山があちこちにあった。

雑然とした編集部内の、端っこのスペースに、僕と白馬《はくば》先生は集まっていた。

「はぁ……」

「おや、どうしたんだい我がライバルよ」

白馬先生が長い足をくんで優雅《ゆうが》にお茶を飲む。

彼もまた、編集の芽依《めい》さんに呼び出されているらしい。

「いや……恋愛って難しいなって……思いまして」

「我が妹との話かい？」

ふふふ、と白馬先生が微笑《ほほえ》む。由梨恵《ゆりえ》の話だと思っているらしい。

「あ、いや、由梨恵の話じゃなくってですね」

「おや？　では、恋愛……となると、新作のラブコメでも書いてるのかな？」

「いやそういうわけでもないんですけど……」

と、そのときだ。

「おまたせー！」

編集の芽依さんが入ってきた。夏ということでノースリーブのシャツにチノパンというスタイルだ。もともとは大きな出版社にいたんだけど、僕の父さんと一緒に退職して、今後はこの新しい会社で頑張《がんば》っていくらしい。

「なになに？　先生ラブコメ書きたいのっ？」

芽依さんが目を輝かせて、ずいっと身を乗り出す。

「な、なんでそんなうれしそうなんです？」

「だって先生の書く新しいお話！　興味ありまくりだもの！」

「ええっと……」

どうしよう。ここまで期待させておいて、違いましたーなんて言えないし……。

とりあえずごまかそう。

「あ、えと、はい。ラブコメ、いいかなーって。流行《はや》ってますし」

「ほう、さすが我が宿敵！　市場調査も抜かりないとは！」

あんまりラノベ市場って知らないけど、芽依さんがよく言ってるからね。

「いいわね！　先生のラブコメ読んでみたい！　そうだ、新作は、ラブコメでいくのはどう？」

夏休みに入る前、父さんたちから打診を受けていたのだ。

新しく作るレーベルで書き下ろしの仕事をしてほしいと。

「わかりました」

「ふっ、ならば私の新作も、今まで手に付けたことないジャンルに挑戦してみようかな！」

「マジですか！　うわぁ、楽しみー！」

ややあって。

「お二方には、夏コミに出店するための同人誌を作って欲しくて来てもらいました」

「『夏コミ？　同人誌？』」

初耳だった。

「知ってると思いますが、夏コミとは大東京ビックサイトで夏と冬に開催される同人イベント、コミックケットマーケットのことです。そこの企業ブースに、我が新レーベルが出店することになったんです」

「一つ、よろしいかい？」

白馬先生が手を上げる。

「レーベル名はもう決まったのかな？」

「あ、はい。新しいレーベル名はこちら！」

芽依さんが会議用のホワイトボードに名前を書く。

「【ＳＴＡＲ　ＲＩＳＥ文庫】……略してＳＲ文庫です！」

「スター……ライズ文庫」『ＳＲ文庫……』

父さんが編集長のわりに、レーベル名が普通だった。もっと奇抜《きばつ》なものになるかと。

後で良い名前だよって言っとこ。

「ＳＲ文庫が夏コミに出店することになりました。創刊に併《あわ》せて皆さんに知ってもらうべく、フリーペーパーならぬフリー同人誌を作ることになったんです」

わわ、いろいろ新情報が出てきたぞ。

メモとっとかないと。カバンの中からポメーラ(小型のワープロみたいなやつ)を取り出す。

「ただで配《くば》るのかい。それはまた、景気が良い話だね」

「ま、新興《しんこう》レーベルなんで、名前を売るためにコストは掛けておかないと」

なるほど……夏コミは多くの人が集まる。

そこでいろんな人にＳＲ文庫を知ってもらおうってことか。

「同人誌ということは……創刊作品のお試し版みたいなものを作るのかい？」

「その通りです。本文の一部でもいいですし、新たに短編を作っても良いです。それを冊子にして配るんです」

「ふむ……それはいいが、かなりスケジュールがタイトではないかい？」

「ええ。印刷所の都合《つごう》もありますし、申し訳ないのですが八月の第一週には上げて欲しいんです。短いもので構いません。お二人の新作のチラ見せと考えて頂ければ」

白馬先生がううむ、とうなりながら、懐《ふところ》からスケジュール手帳を開く。

難しそうな顔をしながらにらめっこをしていた。結構きついのかな？

ぱたん、と手帳を閉じて、芽依さんに言う。

「しかし作るならきちんとしたものをあげたいね。……私は一章分くらいはアップできるように努力するよ……って、おや？　カミマツくん、何をしてるのだい？」

ふと、白馬先生が声をかけてくる。

「ポメーラを使って……ああ、メモを取ってるんだね」

「え、多分」

「「多分？」」

ふたりが首をかしげる。

「メモ取ってるつもりだったんですけど、あれ？　なんか別のができてるや」

「「は？」」

困惑《こんわく》する二人に、僕はポメーラを見せる。

小型のパソコンより一回り小さいそれを、二人の前に置いて見せた。

くわ！　と白馬先生が目を見開く。

「わ、我がライバルよ……なんだ、その、短編ができてないかい？」

ポメーラの画面には、おお、ほんとだ、なんか書いてあるなー。そっかー。

「そうみたいですね」

「そうみたいって……」

「最初は芽依さんのお話メモってたつもりだったんですけど、手が勝手に動いちゃって。癖《くせ》になってるんですよね、タイピングすると、勝手にお話作っちゃうの」

唖然《あぜん》とする芽依さんと白馬先生。あれ、僕なにかやっちゃいました？

「まさか自動筆記!?　もう能力者じゃないの！」

芽依さんが魔王を目の前にした勇者みたいな顔をする。

「頭の中でこうしたいなーって思ってたら、一本できてる……。やっぱり特殊なのかなぁ。白馬先生ならきっとありますよね？」

同じラノベ作家の先生なら、同じことできるよね？

先生は額《ひたい》の汗を拭《ぬぐ》って、ふっ……とどこかすがすがしい笑みを浮かべて言う。

「完敗だカミマツ君。やはり君は、神に選ばれし作家だね」

「え、ふ、普通はその……で、できないんですか……？」

先生のことは尊敬《そんけい》してるので、別に彼を貶《おとし》めてるんじゃなくて、一般論として、作家にそれができないことに驚く僕。

「無論だ。しかも……このような素晴らしい作品を、無意識に生み出すなど……さすがは神作家といったところか」

くっ！　と先生が歯がみする。

「やはり敵は化け物……！　ふ、ふははは！　だが私は負けぬ！　たとえ相手が高みに居ようとも、この白馬王子！　戦う前から諦《あきら》めるつもりはないのだよ！」

先生はいつだってかっこいい！　僕も負けないように頑張らないと、ラノベ作家として。

「カミマツ先生、これ、文量どれくらいできてる？」

芽依さんに言われて、僕はポメーラを操作する。

「えーっと三万文字かな」

「さっ……え、うそでしょ！　打ち合わせが始まって数十分よ⁉」

「えっと……だから？」

何を驚いてるんだろう……？

数十分もあれば短編なんてできるでしょ？

「お、オーケー。じゃあカミマツ先生はこの短編でいきましょう。白馬先生は、できそうですか？」

「もちろん。納期には間に合わせてみせよう。フリー同人誌に載るのは、彼と私の二人分だけなのかい？」

「ううん、あともう一人いて、その子も短編書いてくれるみたいなの」

その人を合わせて、三人で同人誌を作る感じか。うう、頑張らないと！

「って、あれ？　カミマツ先生？　また手が動いてない？」

「あ、ほんとだ。一〇万文字できちゃいました。あとでパソコンで送りますね」

「「いやいやいやいやいやいや！」」

二人が顔を真《ま》っ青《さお》にして、首を振る。

「わ、我がライバルよ……聞き間違えだろうか？」

「長編一本分できたって聞いたけど」

「え、はい」

「「うそぉぉおおおおおおおおお!?」」

あれぇ？　僕なにかやっちゃったかなぁ？

「え、テンションが乗ってるときって、その日のうちに一本できますよね？」

「「できないよ！」」

「ええ、でもほら、頭の中でこういうの面白いなーって思ってると、手が勝手に動いて一冊分できることって、よくありますよね？」

「「ないよ！」」

「あ、あれぇ？　おかしいなぁ」

「「おかしいのは君（先生）だよ！」」

◆

夏コミの打ち合わせをした、その日の昼下がり。

僕はこうちゃんの家の前までやってきていた。

「ここがこうちゃんの家か……普通でちょっとホッとするな」

由梨恵やアリッサの家がタワーマンションだったから、こうちゃんもかなって思ってたけど。

普通で安心した。

普通の一戸建てだった。

三才山《みさやま》の表札の隣《となり》にあるインターホンを押す。

ピンポーン……♪

しばらく待ったけど中からこうちゃんが出てくる気配がなかった。

「……あれ？　どうしたんだろう？」

ピンポーン……♪

ピンポーン……♪

「で、出ない……電話してみよ」

スマホを取り出して電話をかける。

けれどこうちゃんからのリアクションは皆無《かいむ》だった。

「留守……？」

でも中からスマホの着信音は聞こえるし……。

「ま、まさか……倒れてるとか⁉」

僕は慌ててドアを叩《たた》く。

「こうちゃん！　大丈夫っ？　こうちゃん！」

ドンドン！　ドンドンドン！

「ノックしても出てこない……どうしよう……！」

そのときだ。

僕のスマホに着信があった。

「こうちゃん⁉　どうしたの！」

『かみにぃさまぁ～……へるぷみぃ～……』

それだけ言って着信が切れる！

これは……非常事態だ！

「こうちゃん！」

僕はドアノブに手をかける。

鍵《かぎ》が掛かっておらず、あっさり中に入れた。

「どこー！　こうちゃん！」

『たしゅけてぇ～……』

二階から、こうちゃんのロシア語が聞こえてきた！

小動物みたいにか弱いあの子の、ＳＯＳ！　僕の体は、自然と走り出していた！

「待っててこうちゃん！」

僕は階段を駆《か》け上る。

二段、三段とばしで上る。待ってて！　今すぐ行くからね！

手前の部屋に【こうちゃんのお部屋】と書かれたプレートが。

「こうちゃん！　ここなの！　開けるよ……って、うぉおお！」

ドアを開けた瞬間……凄《すさ》まじい量の何かが、雪崩のように押し寄せてきた。

「なんだこれ……ゴミ……？」

廊下《ろうか》に散らばっているそれらを凝視《ぎょうし》すると、美少女フィギュアであることが判明。

「かみにーさまぁ～……」

声のする方を見やると、部屋の中でこうちゃんが動けずにいた。

大量の洋服（コスプレ衣装っぽい）、大量のマンガ、大量のフィギュアに囲まれて、彼女は完全に身動きできないでいる。

「こうちゃん……何この汚部屋《おべや》……？」

「へるぷみぃ～……」

部屋の奥のクローゼットが開いている。

クローゼットの中身を取り出そうとして、雪崩を起こしたのかな？

「命が無事で良かった……」

ぐったりとその場にへたり込む僕。なんだ、たいしたことなくてよかった……。

てゆーか、今思うと、結構後先考えてなかったな僕……。

今回は何事もなかったけど、強盗が入った可能性だってあったろうに……。

冷静になれてなかったな。どうしたんだろう、僕……。ま、まあそれはさておき。

「しかし汚いなこの部屋」

足の踏み場がないってレベルじゃない。

「とりあえず片付けるよ」

僕は近くに落ちていた薄《うす》い本を手に取る。

「なにこれ？　薄いけど……マンガ？」

「の、のー！　どんとたっち！　どんとたっち！」

焦《あせ》りながらこうちゃんが駆け寄ってくるも、地面に落ちてる本に蹴躓《けつまず》く。

……表紙には、全裸《ぜんら》の女の子が、同じく全裸の女の子と抱き合ってる絵が描かれていた。

「こうちゃん……もしかして、百合《ゆり》好き？　こういうのが趣味《しゅみ》なの？」

「のぉおおおおおおおおおお！」

◆

僕はこうちゃんの汚部屋を数時間かけてきれいにした。

『かみにーさま、すごい！　お掃除《そうじ》上手！』

こうちゃんがベッドの上で寝そべりながらロシア語で言う。

……この子、僕が掃除しているとき、ずっとベッドでスマホいじったりマンガ読んだりしていた。

結構図太《ずぶと》い神経してるな……。さっきの僕の心配を返してほしい。

『え、料理も洗濯も掃除もできないって、ヒロイン失格？　HAHA！　大丈夫！　こうちゃんには愛嬌《あいきょう》があるからね！』

自分のほっぺを両の人差し指で指すこうちゃん。可愛《かわい》いけどなんだそのポーズは。

「で、こうちゃん。昨日の配信で言ってたことって……本当なの？」

さて、僕がなぜここに居るのか？

こないだ、こうちゃんとゲーム配信をしていたとき、こんなコメントが書かれていた。

【こうちゃん先生！　夏コミの同人誌買いに行きますよ！】

どうやらこうちゃんは夏コミで毎年同人誌を出しているらしかった。

どれくらい進んだのか尋《たず》ねると、彼女は話をはぐらかしたのだ。

その後配信中はずっと心ここにあらず、という感じだったので、気になって様子を見に来た、という次第。

「こうちゃん、進捗《しんちょく》は？」

びっくーん！　とこうちゃんが過剰《かじょう》に体を反応させる。

「に、ニホンゴ、ワカリマセーン」

すっ、と目をそらしてこうちゃんが言う。

僕がこうちゃんをのぞきこむと、またさっと目をそらす。

この感じ……まさか。

「もしかして、全く終《お》わってないの？」

「そ、そんなこと……ない。進んで、るもん！」

「へー、どれくらい」

こうちゃんは自信満々にタブレットＰＣを起動させる。

ｐｄｆファイルを開くと、そこには【デジマス】のヒロインふたりが描かれていた。

「デジマスの同人誌作るんだ！ ありがとう！」

デジマスとは僕のデビュー作。アニメ二期が今秋スタートされる。

同人界隈《かいわい》でも結構人気のジャンルだ。

芽依さん曰《いわ》く、同人って結構グレーらしい。詳細はわからないけど、でも別に僕はいいと思ってる。だって僕のキャラたちを愛してくれてるって証拠《しょうこ》じゃないか。

「でもやっぱり女の子同士のからみなんだね」

「百合は……よいものだ！」

んふー！ とこうちゃんが鼻息荒く言う。

「それで？ 同人誌の中身は？」

「…………………」

さっ、とこうちゃんが目をそらす。

ふーふー、と吹けもしないのに口笛を吹いてる。

「こうちゃん？ も、もしかして……表紙以外、できてないの……？」

叱《しか》られた子供みたいに一瞬首をすくめた後、消え入りそうな声でこうちゃんが言う。

「で、できて……ない」

「できてないって……一ページも？」

さらに体を丸くしてこうちゃんが言う。

「………はい」

「ね、ネームはできてる……よね？」

完全に体を丸めて、こうちゃんがつぶやく。

「…………………………のーねーむ」

……夏コミは八月中旬。つまりあと二週間ちょっとしかない。

てゆーか、印刷してもらうんだから、実際にはもっと時間がないんじゃ……。

「えっと……何ページの同人誌だすんだっけ？」

丸まった状態から、こうちゃんが両手を突《つ》き出す。右手を三に、左手を二にする。

「……さんじゅーにぺーじ」

漫画を描いたことがない僕でも、さすがにわかる。

「……終わらないね」

「うぁあああああん！」

ベッドの上でコロコロと転がる。

『こうちゃん悪くないモン！　ダイワスカーレットちゃんが！　ハルウララちゃんがいけないの！　おれの愛馬がおれから時間を吸い取っていくのがわるいんだもーん！』

何かをロシア語で言っている。

けど……しょうもない理由でサボっていたのがひしひしと伝わってきた。

「今回は諦めた方が良いよ」

「そ、れは……無理《むり》」

「どうして？」

こうちゃんはサークルのカタログを手に取って僕に手渡す。

「これ……わたし、サークル」

「わっ。すご……壁サークルじゃん」

僕自身、あんまり夏コミに詳しくない。

けど今日芽依さんたちと打ち合わせして、最低限の知識はもらった。

壁サークル。つまりこうちゃんのサークルは、とてつもなく大人気サークルってこと。

「暑い中……買いに来る人たち。プロとして……期待……裏切れない……！」

キリッ、とこうちゃんが決め顔で言う。

「その通り。良いこと言うね。じゃ、残り三十二ページ頑張って」

そういうことなら邪魔《じゃま》しちゃ悪いし帰ろう、僕が出て行こうとする。

ガシッ……！　とこうちゃんが僕の腕を摑《つか》む。

「ど、どうしたの？」

「間に合わない……物理的……不可能……我……沈黙《ちんもく》……」

「えっと……描けないってこと？」

うんうん、とこうちゃんがうなずく。

「アイディア……ある。けど……お話……思い浮かばない」

「好きなように描けばいいんじゃないの？　同人誌なんだし」

「うぁん、かみえもーん、助けてぇ～」

情けない声をあげながら、僕に頼ってくるこうちゃん。

すぐにいいよと言いかけるも、さっき掃除中、彼女がベッドの上でゲームしていたことを思い出す。本当に切羽詰《つ》まってるならその間にやればいい。やらないのは、サボりたいから？

それはちょっと……。

「もっと早くから作業してれば良かったのに……てゆーか、夏コミの原稿がヤバいならゲーム配信なんてやってる暇《ひま》無かったんじゃないの？」

「あーあー。きこえなーい」

耳を押さえてこうちゃんが丸くなる。

……もしかしてこうちゃん、本当は凄《すご》いダメな子なんじゃゃ……。

「かみにーさま……ネーム手伝ってぇ～……」

「ネームって……僕マンガ描いたことないよ？」

マンガのモトのようなもの、くらいの知識しか無い。

「ストーリーあれば……パパッとできる。かみにーさまのお話なら！　みんな満足！」

まあ原作者だしね……。うーん、どうなんだろう、同人誌に作者が関わるのって。好きな人たちが遊んでいる中に、原作者が入り込むのって無粋《ぶすい》じゃない？　でも……ちょっと興味はあるんだよね。

「わかった、いいよ」

まあマンガのネーム作るのなんて初めてだし、楽しそうだからね。

それにこうちゃんにはいつもお世話になってるし。

『やったー！　かみにーさまありがとー！』

こうちゃんが僕にきゅーっと抱きついてくる。

妹の詩子《うたこ》よりなお幼い体型なので、妹って感じがする。

『はっ！　今わたし……薄着！　かみにーさま……こうちゃんの大人ボディに欲情しちゃうかもー！　きゃー♡　押し倒されるぅ～♡』

ロシア語で何かをつぶやくこうちゃん。

楽しそう。なんかこの子のだめな部分も、かわいいなぁって思う自分がいる。

なんかだめな妹みたいで、ほっとけない。詩子はわがままだけど、結構ドライな部分あるし、僕より母さんを頼るからさ。

「それで、どんな感じのお話にしたいの？」

僕らはベッドの上で向かい合う。

いつも持ち歩いている僕のポメーラを開けていた。

「えっちぃのっ！」

「え、えっちぃ……ヤツですか……」

うんうん、とこうちゃんが目を輝かせながらうなずく。

『やはりエロは至高《しこう》。エロこそが人類を進歩させてきた！』

「表紙にはチョビとモモちゃんが描いてあるけど……どっちも女の子だよね？」

どちらも、デジマスのヒロインだ。

「女の子……かける……女の子！　尊い！」

指でバッテンを作って、笑顔でそう言う。

「な、なるほど……百合ってやつか」

うんうん、とこうちゃんがうなずく。

「つまり……チョビとモモちゃんを登場人物に、ふたりがその……え、エッチすればいいってこと？」

「いぐざくとりぃ！」

うーん……女の子同士のそういうのって……書いたことないんだけどな……。

「ドスケベなやつ……お願いします！」

「ちょっとこうちゃん黙ってて」

僕は少し考えて、ポメーラにストーリーを打っていく。

手を出したことないジャンルだから、ちょっと躊躇《ちゅうちょ》したけれど、やっぱりいつも通り、手を動かすと書けるな。

『さすがかみにーさま！ タイピング速度はんぱない……まさに執筆《しっぴつ》の神！ すごい！』

ややあって。

「できたよ、ネーム」

『早い……！ カップ焼きそばができるより早く完成した……！ すごい！』

ロシア語で驚くこうちゃん。

この子……人がお話作ってる間に、焼きそば作ってたよ……。やっぱりそんなに切羽詰まってないでしょこの子……まったくもう……。

「まあいいや、確認して」

『ちょっとまってー。湯切りしてくるー』

カップ焼きそばを持って部屋を出て行こうとする。こけそうだったので、僕が代わりに持ってあげることにする。

「僕がお湯捨ててくるから、読んでて」

「わかったー！」

こうちゃんがポメーラの前で正座をする。

僕は一階に降《お》りてお湯を捨てる。

てゆーか、人にネームらせといて自分はカップ焼きそば作るって……。

ほんとフリーダムだよなこの子……。普通なら、ここまで身勝手な振る舞《ま》いに怒るところだろうけど、こうちゃん相手だとそんな気になれない。なんでだろう、小動物っぽいから？　謎《なぞ》だ……。

お湯を切り終えて僕が二階へと戻る。

「こうちゃん持ってきた…………よ？」

彼女は……その、ベッドの上で……スカートの中をまさぐっていた。

「こ、こうちゃん……？」

「ひょわぁあああああ！」

ばばっ！　とこうちゃんが立ち上がって正座する。

『してませんけど⁉　ひとりえっちなんてしてませんけど⁉』

「こ、こうちゃん落ち着いて……」

顔をゆでだこのように赤くしながらこうちゃんが言う。

「かみにーさま……このネーム……ドスケベ！」

「ど、ドスケベっすか……」

喜んでいいとこかな、ここ？　まあでも褒《ほ》めてもらえてうれしくはある。

うんうん！ とこうちゃんが力強くうなずく。

『すごいよかみにーさま！ 文字だけでもうめっちゃムラムラする！ 凄いドスケベ原稿だよ！ 官能小説の才能まであるなんてすごいよー！』

よくわからないけど、こうちゃんが満足してくれてそうでよかった。

「これなら描けそう？」

「うん！」

こうちゃんは自分の机に向かって座り、ペンタブを手にする。

『これなら全国の紳士諸君がご満足いただけるおかずになること間違いない！ 全国のドラッグストアからティッシュをなくすほどのエロい原稿にしてやるぜヒャッハー！』

……こうちゃんは驚くべきことに、その日で三十二ページの原稿を完成させたのだ。

「すごいよこうちゃん。やればできる子だね」

僕はこうちゃんの頭をよしよしとなでる。

猫みたいに目を細め、えへへと笑う。

『ありがとーかみにーさま♡ いっぱいほめてくれるからだーいすき♡ きゃっ、ロシア語でデレちゃった！ これぞまさにロシデレ』

◆

夏コミがいよいよ近づいてきたある日のこと。

スマホにラインがあった。

【かみえもーん。たすけてぇ～】

「……で、来てみれば、なんでまた汚部屋に逆戻りしてるのこれ?」

こうちゃんの家にやってきた僕とみちる。

みちるは今日暇していたらしく、僕が彼女の家に行くといったら、ついてきたのだ。

「なによこの汚部屋……」

みちるがこうちゃんのお部屋を、信じられないものを見る目で見やる。

『幼馴染《おさななじみ》氏だ！　一つしか歳が違わないのに、なんだこのデカメロン！　ずるいぞ！』

こうちゃんがロシア語でみちるのおっぱいを凝視しながら言う。

「みちる、こうちゃんの相手してて、掃除する」

「仕方ないわね。アタシも手伝うわよ」

「ごめん」

「いいってことよ」

ややあって。

こうちゃんの汚部屋をみちると二人で片付けた。

「こうちゃん、助けてってて、また掃除手伝ってってってことだったたの？」

「ち、がう……ます。じゅーよーな、お願い」

「お願い？ 勇太《ゆうた》に変なお願いしようってんじゃないわよね？」

「しばし、待たれよ」

こうちゃんはタンスを開ける。

「えっと……このへん……ここに……」

タンスの中身をあさり、洋服をぽいぽいと投げ捨てる。

「こうちゃん。さっき片付けたばかりなのに……そうやって部屋が汚くなるんだよ？」

「ニホーンゴ、ムズカシー」

「またエセ外国人面《づら》してる……」

都合悪くなると日本語わからないフリするよねこの子。

ややあって。

「じゃ、じゃーん！」

こうちゃんが取り出したのは一枚の衣装。

「あれ？ この衣装……。ねえ勇太、なんか見覚《みおぼ》えない？」

「うん、すごい見たことある……これって……チョビの来てる衣装？ デジマスの？」

「その、とーり！」

デジマスのヒロインの衣装だった。

みちるがこうちゃんの持ってる衣装に目を輝かせる。

「へえ、すごいじゃないの！」

みちるは普通の女子高生。ラノベとかあんま読まないんだけど、デジマスは原作から漫画、アニメまでチェックしてくれているらしい。

「こんなの売ってるの……？」

「ううん……作った」

「「作った？　誰《だれ》が？」」

「いっつ、みー」

どうやらこうちゃんが自分で作ったらしい！

「え、自前でキャラの服作ったの⁉」

「コスプレ衣装ってこと？」

「「す、すごい……！」」

僕もみちるも、こうちゃんが作った衣装を見て驚く。

本編でヒロインが着ている服とそっくりなのだ。

「え〜、おれ、なにかやっちゃいました？」『どやー！』

こうちゃんが日本語とロシア語でよくわからないことを言う。

まあでも褒められて嬉《うれ》しいのだろう。

「こうちゃん絵もマンガも上手《うま》くて、コスプレ衣装作るのも上手なんてすごいね。器用だ」

「陰キャ……ですから！」

それは理由になるのだろうか……？

まあでもこうちゃん手先が器用だからね。

イラスト超うまいし。

針仕事も得意《とくい》なのかな。

「へ、へぇ可愛い衣装。ふ、ふぅん……ちょ、ちょっと……いいなぁ〜……」

みちるがちょっとうらやましそうに、衣装を見ていた。

きらん、とこうちゃんが目を光らせた。

「着て……みる？」

「は、はぁ⁉ な、何言ってるの⁉ コスプレなんてそんな……あ、でもサイズ合わないかも」

口ではいやいや言いつつ、結構乗り気っぽい？

でもこうちゃんとみちるとでは、身長差が結構ある。

「………」

すん……とこうちゃんが死んだ眼をする。

「どうしたんだろう？」「さ、さあ……」

『どーせ……おいらは、ひんにゅーですよー………』

こうちゃんがしゃがみ込んで、地面をいじいじと指でいじる。

「も、もしかして……胸のこと気にしてるのかな？」

「別に胸のサイズとかどうでもいいじゃないの」

ずーん……とこうちゃんがさらに落ち込む。

『きょぬーがいうと嫌みにしか聞こえない件』

「みちる……ちょっと今のは嫌みっぽいよ」

「ええ⁉　そ、そうかな。うう……ごめん。別にそんなつもりなかったわ」

みちるがしゅん、と肩をすぼめる。

「彼女も悪気があったわけじゃないから許してあげなよ」

「かみにーさまが……そう言うなら……」

ホッ、と僕らは安堵《あんど》の吐息をつく。

その後少し間があって。

「すごいわ！　ほんとにチョビちゃんの衣装じゃないの！」

みちるはこうちゃんの用意したコスプレ衣装を身に纏《まと》っていた。

あの後、こうちゃんが光の速さで採寸&サイズ直しをした。

着替えている間僕は外に出て、中に入ってきたら、みちるが衣装を着ていたって次第。

彼女の格好《かっこう》を一言で言うなら、犬耳セーラー服。

丈《たけ》の超みじかいスカートに上着。

そして頭にはピンと尖《とが》った犬耳と、お尻《しり》の辺りからはふわふわの犬尻尾《しっぽ》。

「どうかしら、勇太」

わりとエッチぃ格好をしながら、みちるが笑顔で聞いてくる。

お、お尻とか見えちゃいそう。わ、わわ……。

「う、うん……すごい似合ってるよ……」

「え、えへへ♡　そ、そうかなぁ♡」

みちるが前屈みになって笑う。

そ、それ以上はやばいんじゃない？　ミニスカートだし……。

「あれ？　こうちゃん？」

ろりっこロシア人の姿が見えなかった。

パシャッ！

「「え？」」

なんだこのシャッター音は……？

パシャッ！　パシャパシャッ！

……地面に転がっているこうちゃんがいた。

『いいよー！　いいよー！　えっちな衣装だよぉう！』

ドデカいカメラを構えて、地面に頬《ほお》をつけながら、ローアングルで写真を撮っていた。

こうちゃんはフガフガと鼻息荒くしながら、みちるを下から激写していた。

「ちょ、ちょっと何やってるのよぉ！」

「こ、こうちゃん……！　だめだってばー！」

僕はこうちゃんからカメラを奪《うば》い取る。

「あーん、返してぇ」

「没収です！　まったく……なんて角度から写真を撮るんだ！」

これじゃぱ……パンツが見えちゃうじゃないか！

「勇太ありがとう……ところで、み、見た？」

みちるが顔を真っ赤《まっか》にして尋ねてくる。

「み、見てません……！」

「……あ、そう」

なんだか残念そうなみちる。あれ、見られて嫌じゃなかったの？

うう、女子って不思議だなぁ。

「でもほんと、似合ってるよ。ほんとにチョビみたいだ……二次元からキャラが出てきたみたいだよ。ちょっと……感激」

きらん、とこうちゃんが目を光らせる。

「かみにーさま、コスプレに……ご興味おあり」

「え？　何言ってるの……？」

ずいっ、とこうちゃんが新しいコスプレ衣装を手に取る。

「そ、それは……桃ちゃんのコスプレ？」

……なんか、嫌な予感がした。

チョビにモモちゃん。どちらもデジマスのヒロインだ。

……そして、今度こうちゃんが出すデジマスの同人誌に出る、キャラクターである。

「あら、こっちも可愛いじゃないの」

モモちゃんのコスチュームは、メイド服だ。

クラシックメイドっていうのかな。

派手なみちるの衣装とは対照的に、露出《ろしゅつ》の少ない落ち着いた衣装だ。

「か、可愛いね。こうちゃんが着たら……似合うんじゃない？」

だがこうちゃんはニコーと、まるで菩薩のような笑みを浮かべながら首を振る。

激しく嫌な予感しかしない！

「かみにーさま……こちらを」

こうちゃんの手には、いつの間にか桃色のカツラがあった。

デジマスのヒロイン、モモちゃんは鮮《あざ》やかな桃色の髪をした少女だ。

「そ、その……カツラは？」

「ウィッグよ。へぇー……似合いそうねぇ」

みちるも何かを察《さっ》したのか、僕に菩薩《ぼさつ》スマイルを向けてくる。

「かみにーさま……よく見ると、童顔《どうがん》」

「ちょっと化粧《けしょう》して、ウィッグつけたら……女の子に見えちゃいそうじゃない……？」

……ま、まずい。これは本格的にまずい流れだ！

「あ、あー、そうだ！　僕……締め切りがあったんだぁ！　原稿がヤバいから帰るね！」

ガシッ！　とみちるとこうちゃんが、僕の肩をがっつりと掴む。

「な、なにかな⁉」

「「まあまあまあまあ」」

僕が逃げようとするが、しかし二人とも凄まじい力で僕を掴む。

「あ、あのさ……女の子の衣装だよねそれ⁉　ぼ、僕じゃ似合わないよ！」

「「まあまあまあまあ」」

みちるとこうちゃんが互いにアイコンタクトをする。

ガシッ……！

「みちる⁉　な、なにを⁉」

羽交い締めにするみちる。逃れようとする僕。

しかし背中に彼女の大きな胸があって、気になって逃げれないいぃいいいい！

「おちび！」

「いえっさー！」

こうちゃんは僕のズボンに手をかけて、いっきに下にズリ落とす。

『神作家のご子息の御開帳じゃあ！』

「いやぁ〜〜〜〜〜…………！」

こうしてこうちゃんの家に僕の悲鳴が響き渡った。

それからほどなくして。

「「かわいーーーーーーーーー！」」

……状況《じょうきょう》を説明しよう。

みちる達の前に……桃色髪の美少女が座っている。

ほっそりとした体格にメイド服を着込んだ、真っ白な肌のクラシックメイドさん……の、格好をした僕。上松《あげまつ》勇太十七歳（男性）。

「ゆ、勇太あんた……結構似合ってるわよ」

『おほー！　かみにーさま女装まで神なんて！　よっ！　さすが神作家！』

女子二人に褒められている……んだけど。

全然嬉しくないよ！

「股《また》が……すーすーするよぅ……」

『かみにーさま！　そのままぺたんと座り込んで上目遣《づか》いで【ご主人様、罰をお与えくださ
い】っていってくださーい！』

ロシア語で何を言ってるのかさっぱりだ。

けど……またロクデモナイことをおねだりしてるのは明らかだ。まったくもう！　こうちゃ
んじゃなかったらキレてるよ僕も！

一方みちるは顔を赤くして、口元を手で押さえて言う。

「あんたちょっと……本物の女の子みたいよ。女装が似合いすぎじゃない……？」

「あ、ありがとね……」

……さて、コスプレ美少女（?）二名と絵師一名というこの謎の状況。

「こうちゃん、そろそろ呼び出した理由を教えてよ」

彼女は何かを助けてと言ってきたんだよね。

「かみにーさま、売り子……お願いしたいです」

「「売り子？」」

「夏コミ。わたし……同人誌……売ります。そのお手伝いです」

なるほど……ようするに接客係か。

「いいよ。出版社の同人誌は作り終わって、当日は特にすることないし」

今のところ急ぐ原稿もないしね。てゆーか、僕って小説がないと基本暇なんだよね。夏休み長すぎる……。やることができて、むしろラッキーだった。

「へえ……売り子……ふぅん……」

みちるがチラチラと僕らを見ている。これは、うらやましいと思ってるのかな。

多分僕たちが楽しそうにしてるから、疎外感《そがい》を覚えているのだろう。

「みちるも、やる？」

「え、ええー!? そんなもーしょうがないわね！ アタシも手伝うよー！」

やっぱりやりたかったみたい。口で嫌と言いつつ、すごいうれしそうだ。

「ありが……とう！」『計画通り……にやり』

……あれ？

なんだか……嫌な予感がするぞ……パートⅡ。

「あ、あのさ……こうちゃん。売り子って……普通の格好でやるんだよね？」

「………」

「黙らないでこうちゃん！」

『君のような勘《かん》の良いガキは嫌いだよ』

やばい……やばい凄い嫌な予感。

「こうちゃん、もしかして当日、この格好で売り子するの？」

「はい！　そのとーり！」

やっぱりかー！　いや待て、みちるなら、僕に味方してくれるだろう。結構常識的だし！

「へ、へえ……！　な、なによ……た、楽しそうじゃない！」

なんか乗り気だな⁉　あれもしかして結構コスプレ好きなの君⁉

「ぼ、僕はやらないからね」

「…………しゅん」

こうちゃんが残念そうな顔で肩を落とす。

だ、ダメだ……！　騙《だま》されないぞ！

これはきっと……僕を女装させるための策略！

「……がんばって、作ったんだけどなぁ」

消え入りそうな声で、そんなことを……う、うわああ！

「ああもう！　わかった！　わかりましたよ！　着れば良いんでしょ！」

「やったー！」

……こうして、僕は夏コミで、こうちゃんの出す同人誌の売り子をやることになった。

……コスプレ衣装で、女装して。正直かなり恥《は》ずかしくて、気乗りしなかったんだけど、こうちゃんのお願いはなんだか断れないんだよね。

◆

八月上旬も終わりにさしかかった、ある早朝。

今日は夏コミ当日。

僕の家の前には、夏コミに参加するメンバーが集結していた……。

「やっほー勇太君！」

「由梨恵⁉　どうしたの？」

「夏コミ行くんでしょ！　私もいくー！」

どうやらデジマスのイベントが、夏コミで開かれるらしい。

「お仕事があるけど、空《あ》いてる時間は手伝うよ！」

「ほんと、ありがとっ！」

「ううん、気にしないで。勇太君と遊べるのうれしいし！」

由梨恵の笑顔がまぶしい。この夏の日みたいだ。

「「なんであんたがここにいる⁉」」

目を剝《む》いて叫《さけ》ぶのはみちると、そしてアリッサ・洗馬《せば》。

「『勇太（ユータさん）⁉ どういうこと⁉』」

ふたりが凄い形相《ぎょうそう》でにらんでくる。

「ど、どういうことって……夏コミの売り子、人手が足りないかと思って」

こうちゃんが夏コミで同人誌を売ることになった。

その手伝いをすることになった僕とみちる。

いつもはこうちゃんのお姉さん達（大学生）が、こうちゃんの売り子を手伝うらしい。

けど今年は都合が悪くなってしまったらしく、人手が足りない。

そこで友達に声をかけた次第。

「……ユータさん。わたしにお願いがありますって、言ったではないですか」

「うん。だから、売り子手伝ってくれないかって言ったじゃん」

ちゃんと夏コミで売り子のことを話したのだ。

しかしどういうわけか、アリッサは肝心《かんじん》な部分を聞き逃していたみたいだ。

「……頑張っておしゃれしてきたのですが」

「アタシだって……」

「『はぁ～……』」

ふたりとも何だか深々とため息をつく。

「え、僕なにかしちゃった？」

『かみにーさま、さすが無自覚《むじかく》チート系なろう小説主人公。まじぱねえっす！』

こうちゃんがロシア語で何かを言っていた。

しかしこうも険悪な雰囲気《ふんいき》になるなんて……やっぱり嫌だったのかな、熱い中の手伝い。

「えっと……なんかごめんね。嫌だったなら帰っても良いから」

「「ぜんぜん迷惑じゃない！」」

アリッサもみちるも僕にずいっと顔を近づけて言う。

ち、近い近い……！

「べ、別に勇太を手伝わないなんて一言も言ってないでしょっ」

「……ユータさんと楽しい夏の思い出を作りたいです。ぜひ、ご一緒させてくださいまし」

アリッサが微笑んで、僕の手に触れて言う。

真っ白で柔らかな手の感触と、間近にある彼女の胸の谷間に目が行く……。

今日のお召し物は清楚《せいそ》なワンピースにカーディガン。

けど……なんだか襟元《えりもと》がいつも以上にぱっくりとあいてて、ブラが見えそうになる……。

「勇太！　そっち見るくらいならこっ、こっち見なさいよ！」

みちるが前屈みになって言う。

こっちはシャツにミニスカートという出《い》で立《た》ちなんだけど、肩口までぱっくりと布がない。

ふたりとも比類無き巨乳なので、め、目のやり場に困るよー！

『さすがかみにーさま、ハーレムもてもて主人公っぷり！』

「みんな仲いいね～」

由梨恵がニコニコしながら言う。

な、仲いいのかなぁこれ？ 二人ともバチバチと火花を散らしてるし。

ま、まあでも……本当に仲が悪かったら会話すらしない、よね？

「えっと……じゃあその、みんなで行こうか」

「「「おー！」」」

『いざゆかん……戦場へ！』

かくして僕らは夏コミの会場へと向かうのだった。

◆

夏コミの会場までは、アリッサのお手伝いさんの贄川《にえかわ》さんがリムジンで送ってくれた。

厳《いか》つい見た目のお兄さんで、近寄りがたい雰囲気を醸《かも》し出している。

けれど突然の申し出に、彼は快諾《かいだく》してくれたのだ。ありがたい。

まだ早朝だというのに、会場の前には恐ろしい人数が長蛇の列を作ってて僕ら（こうちゃん、と贄川さん除く）は戦慄《せんりつ》した。

「僕らはあの列に並ばなくていいの？」

リムジンから降りた僕は、こうちゃんに尋ねる。

「わたしたち……参加者。特別……パス、もらってるから」

こうちゃんは人数分の通行証を配る。

贄川さんにもこうちゃんが渡そうとする。

「あっしは大丈夫でさぁ。いりませんぜ」

スッ……と贄川さんが懐から、なんと通行証を取り出した。

『まさかおぬし……夏コミのサークル参加者かっ？』

こうちゃんが贄川さんに言う。

『ええ、あっしのサークルも、本を出してますぜ、お嬢』

「え、ロシア語？　贄川さん……ロシア語もできるんですか⁉」

「ええ、たしなむ程度には」

黒スーツに黒サングラス、ターミネーター風の大男がロシア語……に、似合う……のか？

『贄川の兄貴……どんなジャンルの同人誌を出すんですかっ？』

こうちゃんがロシア語で贄川さんに尋ねる。

『デジマスの百合同人誌ですぜ、お嬢』

『！　同志！　同志贄川！　こうちゃんもデジマス百合同人誌！　だす！』

パンッ！　とふたりがハイタッチする。

『といっても、あっしが書いてるんじゃなくて、ツレが出してるのを手伝ってるんですがね』

『ツレ？　お友達』

『あっしの妻でさ』

『なんと既婚者！　オタクに理解のあるスパダリいいなぁ〜。ま、うちのも負けとらんがね！』

和やかにロシア語で会話する、贄川さんとこうちゃん。

「……ユータさん、あの二人は何を話してるのでしょう？」

アリッサが困惑したように首をかしげる。

「さ、さぁ……？」

贄川さんも夏コミについては詳しいらしく、荷物を会場に運ぶのを手伝ってもらうことになった。

黒スーツの大男を先頭に、後ろからぞろぞろとついて行く僕ら。

「ねー会場まだなの？　結構歩いたわよね？」

もう疲れたのか、みちるが額に汗をかきながら言う。

「一般サークルのスペースは奥の会場なんでさぁ。迷わないようについてきてください」

両手に段ボールの山、さらに僕らのコスプレの荷物まで背負《せお》ってるのだけど、贄川さんはまだ余裕そうだった。

ほどなくして会場へとやってきた僕たち。

「うっわ……広っ……エグい広いわねここ……」

「うん……体育館の、何倍だろう？」

僕とみちるは会場の広さに目を見張る。

コンクリートむき出しの会場はかなりの広さがあった。

「それになんか……暗いわね」

「天井が高いから仕方ないよ」

一見さん丸出しの僕とみちる。

「由梨恵は来たことあるの？」

「うん、声優のイベントで何度も！」

「……わたしも企業ブースで何度か」

さすが有名人のふたり。いちおう、ばれないように二人とも変装していた。

でも隠しきれない有名人のオーラ的なものが出ている。すごいなぁ……。

「みなさん……こちら、です！」

こうちゃんの先導で売り子スペースへと向かう。

机が整然と何列かに渡って並んでいる。

朝も早いって言うのにたくさんの人たちが準備をしていた。

「あっついわね……ここ……」

みちるがパタパタ、と胸元をばたつかせながら言う。

ちらちら……と彼女の豊満な胸が見えてしまう。うう……。

「……ばか」

みちるが顔を赤くして言う。

「ご、ごめん……」

「……い、いいわよあんたになら。いくらでも……見られても良いから……」

顔を赤くしながら、目をそらしてみちるが言う。

ぐにゅっ、と僕の左腕に何か柔らかなものがあたるっ！

「……ユータさん♡　どうですか？」

「あ、アリッサ……？　何をっ？」

笑顔で僕の腕を摑むと、胸を押しつけてきているのだ！

「ひ、人目を気にしなさいよ！　有名歌手なんでしょ⁉」

アリッサは贄川さんの提案で、長い金髪をポニーテールにして、サングラスをして変装中だ。

「……わたし、ユータさん以外は眼中にありませんので」

「あ、アタシだって！　ゆ、勇太だけにしか、見せないもん！」

バチバチに仲悪いなこの二人……。

「お二人さん。怒気をお収めになってください。これから戦場を共にする仲間なんでしょう?」

贅川さんが仲裁に入ってくる。

さすが大人……!

「そ、そうだよ！　みんなで手伝うんだから、ほら、仲良くしよ、ね?」

「まあ……勇太（ユータさん）がそう言うなら……」

良かったケンカを収めてくれて……。

ややあって。

僕らは販売スペースへとやってきた。

こうちゃんと贅川さんがテキパキと設置を行う。

「ふたりとも手慣れてるねー。すごい……!」

「「もちろんです、プロですから」」

何のプロなんだろうか……?

あっという間にセッティング完了。

「贅川さん本当にありがとうございました」

僕らは頭を下げる。

「いえいえ。お嬢をどうかよろしくたのみます。では、あっしはあっちで売り子やってますんで、御用向きの際は気軽に声をおかけくださいや」

スーツ姿の大男は手を振って、僕らのもとを去って行った。

「さて……じゃああとは始まるのを待つだけだね」

ガシッ……！

「かみにーさま、何かお忘れでは……？」

笑顔のこうちゃんが、僕の肩を掴む。

「そうよ勇太。あるでしょ……おめかしタイムが！」

みちるもまた笑顔で僕の肩を掴んでいた。

に、逃げられない……！

「えー、なになに！　楽しそう！」

由梨恵が僕らに気づいて近づいてくる。

「ちょっとここお願い。アタシたち準備してくるからー！」

こうちゃんとみちるに手を引っ張られながら、僕はどこぞへと連れて行かれる。

「あ、あの！　こっち女子更衣室って！　ダメだって！　あ、だめ……だめぇえええええ！」

……ほどなくして。

「うう……酷《ひど》い目にあった」

「「…………」」

アリッサと由梨恵が、僕の格好を見て目を点にしている。

僕はこうちゃん特製、コスプレ衣装を身に纏っている。

デジマスのヒロイン、桃ちゃんのコスプレ……ようするに、女装しているのだ。

「わ、笑いたければ笑えば良いよっ」

しかしみちるたちは正気に戻る。

「あ、ご、ごめんなさい……あんまりにも似合ってたから……つい……」

「……ユータさん、わたし……女の子でも良いかなって思っちゃいました」

なんだか高評価⁉

しかもアリッサは新しい扉開きかけてるし！

「勇太君！　こういう趣味あったんだねっ！」

「違うからほんと、誤解しないで」

「いいと思うよ！」

「だから誤解しないでってばぁ！」

その後の説得しつづけ、なんとか由梨恵の誤解を解いた。別にいいのにと言われた。どういうことなのぉ⁉

とまあいろいろあったけど準備完了。

「さぁ！　みんなそろそろスタートだよ！　売り子、頑張ろー！」

「「「おー……！」」」

由梨恵の音頭にみんながうなずく。誤解をどうにか後で解いとかないと……。

ほどなくして開始のアナウンスが流れる。

「どれくらい人来るのかな？」

「たいしたことないんじゃない？　マイナーなイベントだろうしぃ」

フッ……とこうちゃんが微笑ましい者を見る目でみちるを見る。

「な、何よチビ助？」

『若いの。戦場を……なめちゃケガするぜ？』

こうちゃんが歴戦の勇士のような趣でなんか言ってる。

『すぐ……ここは戦の場になる』

「はぁ？　何言ってるのよあんた……って、でぇええええ!?　な、なによあれぇ!?」

もの凄い数の人が全速疾走しながら会場に入ってくる。

「てゆーか！　全員なんか、こっちに向かってきてない!?」

「みんな、かみにーさまの、同人誌……買いに来てる！」

あっという間に僕らの販売スペースの前には、長蛇の列ができた。

「わ、私、列の整理してくるね！」

「……わたしも由梨恵さん手伝ってきます」

アリッサ達が行列の方へと走っていく。

「い、いつもこんな混んでるの?」

大量のお客さんを前にたじろぐ僕。

「普段より、たくっさん来てる! かみにーさまのエッチぃ本、みんな求めてる!」

どうやらこうちゃん、同人誌のサンプルをネットに載せていたらしい。

それがSNSで拡散された結果、大量の客を呼び寄せることになった次第。

「やっぱり、かみにーさまの神えっちシナリオ……すごい!」

「こ、こうちゃーん! 早くスタートしてぇ!」

列を整えてる由梨恵が悲鳴を上げる。

『よっしゃ野郎どもぉ! いまから神作家の超絶えっちぃ同人誌販売してやるぜぇ! あまりのどエッチ同人誌を見て、トイレで抜刀《ばっとう》すんじゃねえぞぉ!』

「こうちゃん! ロシア語で何言ってるかわからないけど、言葉遣いには気をつけて!」

◆

こうちゃんの同人誌を売る手伝いに、僕らはやってきている。

同人誌の積んである販売スペースの前には、長蛇の列ができていた。

あまりに長すぎて、端から端まで、列が何往復もしている。

「新刊、ください！」

お客さんが来て笑顔で言う。

僕はお金を受け取って、隣に立ってるみちるが同人誌を手渡す。

「あの！　みさやま先生！　スケブ……いいですかっ？」

「スケブ？　なによそれ」

こうちゃんはうなずくと、お客さんからスケッチブックを受け取る。

「あ、なるほど。スケッチブックにサインってことね」

彼女は受け取ったスケブに、凄い速さでサインと、そして絵を描いた。

「『はやっ！』」

あんまりにも速かった。

下書きもなく、一瞬で美麗《びれい》なイラストが、マジックペンで描かれたのだ。

「チビ助あんた……凄い絵師なのね」

「すごいすごい、こうちゃん」

みちるが感心し、由梨恵が笑顔で拍手する。

『どやぁ！　こうちゃんは色物マスコット枠ちゃうんやでー！』

ロシア語で何かを言うこうちゃん。

その後も凄まじい数の人たちが同人誌を買い求めてきた。

こうちゃんは毎回スケブを頼まれるんだけど、秒でキャラを描いてあげる。

「いつも応援してます！」「こうちゃま！　頑張ってください！　これ、差し入れです！」「今回の同人どえっちですねー！」

お客さんがこうちゃんに好意的な反応を示していく。

お土産《みやげ》を受け取り、段ボールに詰める。

「段ボールもうないわよ！」

「僕がとってくる！」

しかしまあ……こうちゃんの実力と人気を改めて思い知らされた。

本当にすごい子なんだなぁ……。しかもスケブ、全員に描いてあげてた。ゲーム配信でもちゃんとコメントにリアクションするし。ファンを大事にしてるんだなぁって、感心しちゃった。

「すごい、五分もしないで完売なんて！」

完売と知ると、集まっていた人たちがものすごい残念そうな顔で散らばっていった。

「あんだけ同人誌あったのに、もうなくなるのね……やばいわ」

新刊、既刊、どちらもかなり刷ってきたらしいのだが、あっという間になくなってしまった。

「売り切れ……御礼《おれい》！　かみにーさま、感謝！」

「え？　僕？」

うんうん、とこうちゃんがうなずく。

「同人誌……今回けっこう、刷った。冒険した。普段以上に。でも……全部はけた！　かみにーさまのシナリオのおかげで！」

「いや、そこはこうちゃんの実力だよ」

『えっへっへ〜♡　しかし今回やっべえもうけたー！　これでガチャ回しまくれる！』

くねくね、とこうちゃんが体をくねらせる。

と、そのときだった。

「あ、あの……！　サインお願いします！」

お客さんの一人が、僕らの前にやってきた。

「すみません、もう新刊も既刊も売り切れちゃってるんで、スケブはちょっと……」

しかしお客さんは首を振る。

「いえ、こうちゃまのサインではなくて、あなたのサインが欲しいんです……！」

「え？　ぼ、僕……ですか？」

「はい！」

どうしてだろう……？

僕はただの売り子として来てるだけなのに。

「……ちょっとカミマツってバレたんじゃないの？」

みちるが小声で耳打ちしてくる。

「……いや、絶対ありえないよ。だって僕、顔出ししてないし」

よしんば同業者だったとしても、今コスプレしてるからバレるわけがないし。

するとお客さんはこんなことを言う。

「カミマツ先生ですよね！　いつもVｔｕｂｅｒの配信、見てます！」

「「あ……」」

そ、そうだ……顔出しはしてないけど、Ｖｔｕｂｅｒとして活躍している。

つまり……声はバレるわけだ！

「声だけで本人と決めつけるのはどうなんだろう……？」

「自分、新刊見ました！　このシナリオはカミマツ先生のもの！　絶対！　間違いなく！」

マジか……同人誌のシナリオからもバレちゃうの⁉

「感激！　憧《あこが》れのカミマツ先生に会えるなんて……！」

「ちょ、ちょっと声が大きいよ……！」

ざわ……と周囲がざわつく。

「カミマツ……？」『うそっ！　あのデジマスの⁉」

近くに居た人たちがこちらに注目する。

ああ、ヤバい！

「カミマツ先生って女の子だったんですか⁉ 美人ですねー！」

「あ、あぁぁ……あの、ち、ちが……」

ヤバい、女子の格好をしているから、カミマツが女だと思われている！

ぺかー！ とお客さんが顔を輝かせる。

やばい会話を続けると、どんどんとカミマツがいることがバレちゃう！

「あ、あのサイン。サインしてほしいんでしょ？」

「はいっす！ お願いします！」

お客さんが鞄《かばん》から取り出したのは、デジマスの漫画本だった。

「大変だよ！ 勇太君！」

慌てた調子で声優の由梨恵が駆けつけてきた。

「どうしたの？」

「列！ 見て！」

「なっ⁉ 何よこれぇぇぇぇぇぇ⁉」

『わぉめっちゃ長い行列ぅ！』

みちるとこうちゃんが目を剝いて叫ぶ。

僕らの居るスペースの前には、長蛇の列ができていた。

「カミマツ先生ー！」『いつも作品たのしみにしてまーす！』『きゃー！ サインしてぇ！」

……やばいやばいやばい！

めちゃくちゃ並んでるー！

しかも全員僕目当てっぽい！

「さっきのお客さんと勇太君の会話聞いてたひとたちが、みーんなカミマツ先生にサインして欲しいって押し寄せてきたの！」

「……さすがユータさん。知名度抜群超有名人ですね」

さっきこうちゃんには、数往復の列を作っていた。

けど、今は一〇往復……いや、会場の外まで列ができてる……！

「や、やばいよこれ！　すぐ解散させないと、現場スタッフの人たちに迷惑かけちゃう……！」

と、そのときだった。

「ご心配には及びませんぜ、カミマツ先生」

「贄川さん！」

サングラスに黒スーツ、ターミネーターのような大男が僕らのモトへやってきた。

『どういうこと、兄貴ー？』

「スタッフには既に話をしておきました。臨時サイン会の許可をもらって来やした。知り合いに呼びかけて列の整理、手伝いやすぜ」

仕事が早すぎる……！

「あっし、スタッフに大勢知り合いがいるんでさぁ。これくらいの融通は利くんです」

「い、いやでも……迷惑かかるんじゃ？」

「とんでもない！ 気にせずサインしてやってくださいや。みんな、あなたのファンですぜ」

読者の人たちがすぐ目の前に居る。

みんな僕を応援してくれてる人たち。せっかく僕に会いに来てくれてるんだ。

それを無下《むげ》にするのは……ダメだよね。

「やりま、しょー！ かみにーさま！ お手伝いします……ぜ！」

しゃきんっ、とこうちゃんが色つきのマジックペンをたくさん並べる。

「アタシも手伝うわよ」

「みんな……ありがとう」

僕は贄川さんを見上げる。

「それではカミマツ先生の、臨時サイン会開催しやすぜ、みなさん！」

「「「わぁあああああ！」」」

割れんばかりの大歓声。

同人誌を買いに来ていた全員が……笑顔で拍手している。

「じゃ、まず一番前の方から」

「はいっ！」

読者が僕の前にやってきて、手を握《にぎ》ってくる。

さっき僕のコスプレを見抜いた子だ。

「はじめましてカミマツ先生！　おきれいな方ですね！」

「あ、あはは……どうもありがとう……」

まずい、女キャラのコスプレしているから、完全にカミマツ＝女だと思われてる……。

ま、まあ……身バレせずにすむからいいのかな？

「デジマスいつも読んでます！　僕心も！」

「う、うん……ありがと」

次の人が来る。

「カミマツ先生！　好きです！　ほんと……大好きです！　もう……好きすぎて……ああごめんなさい、語彙《ごい》が溶けてしまいました……」

僕はサインしながら、彼らに声をかけていく。

「先生の作品ほんと面白いです！」

「いつも神の作品読ませてくださってありがとう！　これ、ほんのお礼です！」

「は、はぁはぁ……カミマツたんまじ天使……はあはあ……しゅき……」

なんか変な人も混じってたけど、概《おおむ》ねスムーズにサイン会は進んでいった。

途中何度か休憩しながらサインをしていく。

「デジマスの映画まじ最高でしたよ！」

「先生って神作しか生み出せないんですね！　すごいです！」

読者の人たちにサイン本を作ることは多かった。

けど……生でサインするのって、これが初めてかも。

こんなにたくさんの人たちが、僕の作るお話を楽しみにしてくれてるなんて……。

なんか、感動だ。

「勇太。はいこれ。水分とって」

「みちる……ありがとう！」

どうやらみちるは、近くの自販機でスポーツドリンクを買ってきてくれたようだ。

「お金出すよ」

「いーわよ。ほら、水分とって。汗びっしょりよ。脱水起こさないようにね」

「ありがとう。僕のこと心配してくれて」

「あ、当たり前じゃん。あんたのためなんだからね。勘違いしないでよね」

みちるが顔を赤くしながら、毛先をくるくると指でいじる。

『みちるの姉御《あねご》、ツンデレじゃない……ただのデレデレだ！』

はわー、とこうちゃんがロシア語で何かをつぶやく。

「でも……あんたって本当に人気あるのね。すごいわ」

『て、てーへんだかみにーさーまー！』

こうちゃんがスマホ片手に、僕らに近づいてくる。

どうしたんだろう？　と思ってスマホをのぞいて……。

え、えええええええええええええええ⁉

「あ、あんた……これ……写真載ってるわよＳＮＳに」

そこには神作家カミマツの写真ということで、コスプレをした僕が写っていた！

「リツイート数えぐ……世界のトレンド一位になってるわ。ネットニュース大騒ぎよ」

「マジかよぉおおおおおおお！」

……かくして、僕の姿が全国に知れ渡ったのだった。

美少女神作家カミマツとして。

これは後で聞いた話なんだけど、全世界中でデジマス作者は女性作者だった⁉　というニュースが報じられたみたい。公式（父さんたち）がデマだと撤回してくれたのでなんとか話題は収まった。でもそれがきっかけとなって、ＳＲ文庫は大いに注目されるようになったんだって。父さんが泣いて喜んでいた。うん、役に立ってよかった。

◆

夏コミにこうちゃんの手伝いにやってきた僕たち。

彼女の用意した同人誌は完売。

その後臨時で行われたサイン会も大盛況に終わった。

「みんなこれからどうする？」

みちるの作ってきたサンドイッチを僕らは昼食として食べる。

ちなみに僕はコスプレ衣装を脱いでいた。

「私これからイベント！」

由梨恵が元気よく手を挙げて言う。

「あ、そっか、デジマスの声優イベントあるんだっけ」

「そう！　みんなともっといたかったけど、お仕事だから！　みんなにいーっぱい、大好きなデジマス、広めてくるねー！」

由梨恵は本当に忙《いそが》しそうだ。でも嫌な顔を全くしてない。いつだって明るくて元気である。

素敵《すてき》だなぁ……って素直にそう思うな。

「アタシは……コスプレしたいかな。スペースがあるんでしょ」

「……そんなものがあるんですか？」

アリッサが首をかしげながら言う。

それに答えるのは、ターミネーター風の巨漢、贄川さんだ。

「夏コミって同人誌の販売会だけがメインじゃないんでさぁ。アニメやマンガのコスプレを披露《ひろう》する場も設けてるですぜ」

「ふぅん……コスプレ……」

なんだか思うところがある様子。気になるのかな。

「なによ、あんたも興味あるわけ？」

「……べ、別に。ただちょっと……どんなのかなぁって思っただけですっ」

それを興味あるっていうんじゃないのだろうか……？

「二人で行ってくれば？」

「「は？　なんでこいつと？」」

実に嫌そうな顔で、アリッサたちが言う。なんか波長が合うんだよね二人とも。

だからコスプレに興味あるの……のかな？

「お嬢、いいではありませんか。あっしがご案内しやっせ」

「……まあ、別にいいですね。空気と思えば」

「は？　何よむかつくわねあんた……！」

アリッサとみちるは、贄川さんと一緒にコスプレのほうへいくらしい。

「勇太君はどうするの？」

僕は最初から決めていたことがあった。

「企業ブースにいって、SR文庫のスペースいってくるよ。芽依さんたちにアイサツしたい」

担当編集の芽依さんには、先ほどの臨時大サイン会のことごめんなさいしておきたかったし。

「あとは……おちび、あんたどうするの？」

一人我関せずとスマホをいじっていた、こうちゃん。

『ここでスマホいじってる。大丈夫だ、守備は任せろ』

スマホぽちぽちしてる。疲れてるのかな？

「一人で座ってるの？」

「いえーす」

「危ないよ。一緒に来ない？」

こうちゃん見た目幼いから、一人で残してたらたいへんだ。迷子になってしまう。

『おやおや、かみにーさま。こうちゃんをなんか幼稚園児《ようちえんじ》とか思ってません？』

「こうちゃんの面倒は僕が見るから、夕方くらいまで自由行動ってことで」

不服そうにしてたけど、こうちゃんがハッ……と何かに気づいたような顔になる。

『これもしや……コミケデートか⁉　こうちゃんメイン回きちゃう！』

きらん、とこうちゃんが目を輝かせてスマホをしまう。

きゅ、と僕の手を握ってうなずいてきた。一緒に来るってことかな？

「じゃ、自由行動開始で」

「うちあげ……会場、確保してますっ」

お手伝いした僕らを、打ち上げに誘ってくれたのだ。

年下におごってもらうのは気が引けたけど……どうしてもってこうちゃんがお願いしてきたので、ご相伴《しょうばん》に預かることにした。

「今夜は、焼き肉ぱーちー！　です！」

「「おお！　楽しみー」」

◆

僕はこうちゃんと一緒に、コミケブースを二人で歩く。

「企業ブースってどこにあるんだろ……こうちゃん？」

彼女の姿が見当たらなかった。え、もう迷子⁉

「へーるーぷーみー」

たくさんの人の波に飲まれて、こうちゃんが遠くへ去って行く！

僕は慌てて彼女を救出した。

「かたじけない……」

「ううん。人多いからしょうがないよ」

『ほんとはエロ同人に見入ってしまっていたなんて言えないわぁ』

こうちゃんか弱いから、こういう人の密集地帯は苦手そうだな。

「そうだ。手つなごうか」

『な、なぬー！ ここでラブコメイベント発生ぃい！ こうちゃんもついにヒロインムーブすることを、強いられてるんだ！ なんつって』

僕の手をきゅっ、とこうちゃんが摑む。

二人とも汗かいてるので手のひらがちょっとぬるっとした。

『これが八〇〇億を生む神の手か……』

「いこっか」

僕はこうちゃんと手をつなぎながら人波を縫って歩く。

『ねーかみにーさま。これ端から見たらどうみえるかな？ カップルかな？ きゃ♡』

こうちゃんが後ろからちょこちょこと歩いてくる。生まれたてのカルガモみたいで可愛い。

「企業ブースまで行きたいんだけど、地図とかないかな」

「だい、じょーぶ！ ここ……こうちゃんの、シマ！」

「シマですか……じゃあ案内よろしく」

「かしこま！」

二人で並んで歩いてると、改めて、彼女の歩幅の狭さを実感する。

握ってる手が小さくて柔らかく、赤ちゃんみたいだ。

守ってあげなきゃいけない、って気になる。

こうちゃんの先導で、僕らは目当ての企業ブースへと到着した。

さっき僕らがいたブースとはまた違った雰囲気をしている。

「企業ブースって薄い本あんまないね」

「この辺……グッズメイン」

アニメやマンガのグッズがあちこちで並んでいた。

「ん？　なんだろ。あそこ……何にも無いや……」

僕らはブースの一画へと足を運ぶ。

他の企業さんには、キーホルダーやらの小物が置いてある。

けど、そのブースだけは何にも置いてなかった。

「かき入れ時に何にも売ってないなんて、どうしたんだろ？」

『ちゃいまっせ。旦那《だんな》。売る物が、全てはけてしまったのよ。あれ見てみ？』

スッ……とこうちゃんが指さす。

「なるほど……ここ、デジマスのブースなんだね」

僕のデビュー作、デジマス。

この作品はアニメになっている。ここはアニメ会社のブースだった。

『作品だけじゃなくて、グッズも爆売れ。デジマスの生み出す金パワーはんぱない。こうちゃんを養うためのまにーがどんどん貯《た》まってくね！』

こうちゃんがご機嫌だった。ロシア語で相変わらず何言ってるのかわからないけど、楽しそうで何よりだ。

「ん？　あっちなんだろ、盛り上がってるけど」

『行ってみましょ』

企業ブースの一画に、すごい人だかりができる。

特設のステージがあって、インベントが行われていた……。

「って、由梨恵じゃん」

『デジマスのイベントみたいだね』

ステージにはきらびやかな衣装を着た声優さんたちが並んでいる。

そんななかで、ひときわオーラを発している女の子がいた。言うまでもなく由梨恵である。

「みんなー！　こーんにちはー！」

わ……！　と周りにいたお客さんたちが沸く。

「うぉおお！　ゆりたーん！」『ゆりたんきゃわゆすー！』『今日も笑顔がまぶしーっすぅ！」

『おう、大人気でんなぁ。さすがアイドル声優』

男の人たちがみんな、由梨恵に夢中のようだった。そりゃそうだ。可愛いし、明るいし、声もきれいだし……。

「なんか、遠いなぁ……」

物理的な距離のことを、言ってるんじゃない。

みんなのアイドルである由梨恵と、単なる陰キャ高校生の僕。

「住んでる世界が、違うのかなぁ……」

なんか今まで以上に、遠くに由梨恵を感じる……。

「か、みにーさまっ」

くいっ、とこうちゃんが僕の手を引っ張る。

「ん？　どうしたの？」

ふすー、とこうちゃんが鼻息を荒くして言う。

『何落ち込んでるのかみにーさま！　大丈夫！　カミマッツ、あんたがナンバーワンだ！』

手足をパタパタ動かして、ロシア語で何かをつぶやくこうちゃん。

何を言ってるのかわからなかったけど、その変な踊りが、妙にツボった。

「ふふ……もしかして、慰《なぐさ》めてくれてるの？」

『まぁの。てゆーか、ヒロインが主人公以外愛するわけないじゃん。ラブコメの基本よ？　かみにーさまは堂々《どうどう》とハーレム展開してりゃーええねん！』

な！　とこうちゃんが笑顔を向ける。

何を言ってるのか、まあ相変わらずわからなかったけど。

「ありがと。こうちゃん」

僕はこうちゃんの頭をなでる。ふへ、と彼女が柔らかく笑う。

愛くるしい見た目と動作に癒やされて、さっき抱えた小さな不安は、かき消えていたのだった。

『あれ？　なんかこうちゃん、ちゃんとヒロインできてる？　わし仕事全うしてる！　もう色物マスコット枠なんて言わせねえ……！　わいもヒロインなんやでー！』

◆

ほどなくして僕らは芽依さんたちのいる、SR文庫のスペースへとやってきたのだが……。

「やぁやぁ！　我がライバルよ！」

「は、白馬先生？」

先生がブースに座っていた。このとても熱い中、真っ白なスーツをビシッと着込んで、汗一つかかずに優雅《ゆうが》に座っている。なんてかっこいいんだ……！

「あの、白馬先生ですよね！　握手してください！」

通りかかった女性のお客さんが黄色い声を上げながら、先生に言う。

「もちろんいいとも！」

「きゃー！　すてきー！』『あたしとも握手してー！』『わたしもー！」

白馬先生は全員平等に、笑顔を振りまき、握手して求められればサインをしていた。

はぁー……すごいなぁ……。

「………」

こうちゃんがじーっと白馬先生を見つめてる。え、うそ……こうちゃん、先生みたいなイケメンがタイプなのかな……？

『こんな暑い中長袖とか、正気とは思えぬ……』

ろ、ロシア語で何をつぶやいてるのこうちゃんっ。

うう……気になる……。

「どしたの？」

「あ、いや……ああいう人の方が、いいのかなって……」

きょとんとこうちゃんが目を点にする。

『え、まさか……ヒロインズより、あのイケメンのほうがいいの⁉　だめー！』

がし、とこうちゃんが僕の腕に抱きつく。

「かみにーさまは、こうちゃん……の！」

ふすー、と鼻息荒く主張してくる。あ、え、っと……なんだろう。

僕の方がいいって……ことかな。え、えへへ……うれしいなぁ……。

「ふふ、君たちは仲がいいね」

お客さんの相手を終えた先生が、微笑みながら言う。

「先生どうしてここに?」

「暑いなか頑張っている佐久平《さくだいら》くんたちに、陣中見舞いさ」

さらっ、と白馬先生が髪の毛を払う。

なるほど、様子を見に来ていたのか。やっぱり先生は紳士だなぁ。

「芽依さんは?」

「佐久平くんはお花を摘みに行っている。私はその間の店番さ」

暑い中様子を見に来て、手伝いまでするなんて、本当にかっこいい人だなぁ。

僕もこの人みたいな、かっこいいラノベ作家になれるように、がんばらないと。

ところで、白馬先生が微笑む。

「君の後ろにいる素敵なお嬢さんは、どなたかな?」

「え? 後ろ……あ、ほんとだ」

いつの間にかこうちゃんが僕の背後にいた。

恐る恐る、先生を見ている。

『聖なるバリア、カミマツフォース。攻撃したら相手は死ぬ』

「すみません、この子ドがつくほど人見知りなので」

こうちゃんの背中を押す。彼女は慌てて僕の後ろに隠れて、きゅーっと抱きついてきた。

「妹さんかな？」

『ちゃ、ちゃうわい！　嫁だわ！』

「友達です」

『え？　友達？　のー！　みーはヒロイン！　YOMEだYOU！』

こうちゃんがフガフガ何か言ってる。かわいい。

先生は目を丸くしたけど、すぐにいつもの笑みを浮かべる。

「初めまして。私は白馬王子！　神作家カミマツ君の友にしてライバル！　以後お見知りおきを」

立ち上がって、さっと白馬先生がこうちゃんに手を差し伸べる。

『よ、陽キャだ！　この圧倒的な陽の波動！　無理！　陰キャのこうちゃんには無理～！』

ぷるぷる震えながら、こうちゃんが僕にしがみついている。

「だ、大丈夫だよこうちゃん。先生怖くないよ」

『怖いかそうでないかの話じゃない。やはりこうちゃんは、同じく陰のものであるかみにーさまと結ばれるデスティニー……』

僕を見上げた後、こうちゃんがまた抱きついてきた。せ、先生の前なのに……困ったなぁ。

「ふっ！　ふはは！　やはりモテモテだね！　さすが我がライバル！　小説力だけでなくモテ力でも圧倒するとは！」

あっはっは！　と高笑いする先生。あなたの方がモテるじゃん……。

「あー！　カミマツ先生！」

そこへ薄着の芽依さんが笑顔で駆けつけてくる。

「こんにちは、熱いなかお疲れ様です」

「いえいえー！　あ、白馬先生ありがとう！　助かっちゃった」

「ふっ……気にしなくていい。困っている女性はほっとけない性分なのさ」

次に芽依さんがこうちゃんに気づく。

「あれ？　みさやま先生！　お疲れ様です！」

『ひぅ……！　へ、編集だ！　怖い！』

こうちゃんがぷるぷるしてた。小動物みたいだ。

「人見知りみたいで、すみません」

『締め切り破ってコミケ来てすみません！』

……ん？　なんかこうちゃん、気まずそうに芽依さんのこと見ないな。何かあったのかな？

「みさやま先生？　原稿は〜？」

あ、原稿のことだったのか。

こうちゃんがつつ……と目をそらして言う。

「い、いま……やろうと思ってた、とこ……」

「こうちゃん……君……原稿サボって同人原稿やってたの……？」

彼女が僕を見て、にこっと笑う。

「めーんご♡」

……その後こうちゃんが数十分説教食らっていた。

芽依さんが怒ってるとこ初めて見た……まあ、こうちゃんの自業自得《じごうじとく》なんだけど。

ほどなくして。

「ところで、同人誌の配布状況はどんな感じかな、芽依くん？」

僕らは父さんの立ち上げた新レーベル、SR文庫で新作ラノベを出すことになった。

そのお試し版を、同人誌として、無料配布することになったのである。

「結構捌《さば》けましたよ！　もうあとこの山一つくらいです！」

後ろに空《から》になった段ボールの山が置いてあった。

割と刷ったらしいことがうかがえる。

「父さん……大丈夫かな」

無料で配布しているので、印刷代だってバカにならないだろう。広告と割り切っているとしても、相当高くついているはずだ。

「大丈夫！　先生たちの新作が爆売れして、黒字にしてくれるって信じてますから！」

「が、頑張ります……って、あれ？　父さんは？」

「編集長ならコスプレイヤーさんを激写しにいきました」
あの人は仕事ほっぽり出して……まったくもう。
母さんにラインしとこ。
僕はありのままを母さんに報告する。
ぴこん♪
『ありがとうゆーちゃん。あの人のムスコは……潰《つぶ》す』
息子って……僕じゃなくて、父さんのあれだよね。罰が、重すぎる！
ま、まあでも冗談《じょうだん》だよね、うん、冗談だよね⁉
その後、僕らは芽依さんのスペースで同人誌の配布を手伝う。
そうはいっても、時刻は午後。お客さんはほぼいない。
『みんな午前中には目当てのもの買って帰るんだよ』
と、そのときだった。
「すみません、同人誌ください！」
同い年くらいの女の子が同人誌を求めてやってきた。
「はいどうぞ」
芽依さんが一冊手に取って、女の子に手渡す。
ぺらぺらとめくって、あれ？　と彼女が首をかしげる。

「カミマツ先生の作品、載ってないんですか？」

「「「え？」」」

僕とみちるたちが首をかしげる。

「あー、ごめんなさい！　カミマツ先生の同人誌はもう全部はけちゃったんですよー！」

すかさず芽依さんがフォローを入れる。

僕の、同人誌？

「あー、そっかぁ～……残念」

彼女は肩を落として去っていった。

「えっと、どういうことです？」

ぱらぱら、と残っている同人誌を手に、白馬先生が言う。

「ふむ。確かにこの同人誌にはカミマツ君の作品が、載ってないように見受けられるがね？」

確かに、白馬先生の作品だけだった。

「あれ、同人誌三種類作ることになったの言ってなかったっけ？」

「「「三種類……？」」」

「ええ。カミマツ先生、白馬先生。あと創刊ラインナップになってる開田《かいだ》るしあ先生、それぞれが最高の原稿を仕上げてくれました。文量が多くなってしまったので、三種類の同人誌を同数、用意することになったのです」

なるほど、そういう事情があったんだ。

……って、あれ？

白馬先生のだけが残ってるってことは……？

「じゃあ僕や開田先生の同人誌は……？」

「カミマツ先生の同人誌は、瞬殺でした！　開田先生のは午後一には。あと残りは白馬先生の同人誌だけです」

「グハァアアアアアアアアアア！」

白馬先生が吐血してその場に倒れる。

「せ、せんせー！」『ひぃ……！　スプラッタは勘弁ぅ！』

先生が心臓のあたりを手で押さえてびくんびくん！　と体をけいれんさせる。

「ま、また負けるとは……」

倒れ伏す先生に芽依さんがフォローを入れる。

「ま、まあまあ。しょせんはお試し版ですから」

「そうですよ！　たかがお試し！」

すると白馬先生が、むくりと立ち上がる。

さら、と手で前髪を払うと、何事もなかったかのようにさわやかな笑みを浮かべる。

「すごいじゃないか、カミマツくん。君たちの新作を、みんな期待しているのだよ」

白馬先生は結果を受けても、なお相手への賞賛を忘れていなかった。

「僕は……すごい楽しみです！　先生の作品！」

「ありがとう。フーーーーーハッハッハァ！」

先生がバッ……！　とカッコいいポーズをとる。

「私が二人より売れないだって？　おいおい一体誰がそれを決めたというのだね！」

バッ……！　と前髪をかきあげて、白馬先生が言う。

「本が売れたかどうか……それを決めるのは読者だ！　我々作者がウダウダうじうじしていたところで何の意味も無い！」

「そう……そうですよ！　その通りですよ！」

ニッ、と笑って白馬先生が右手を出してくる。

「我がライバルよ、お試し版で差をつけたからって、本番では手を抜いてくれるなよ。君の本気の原稿を……私の全力をもって打ち破ってみせる」

「はい……もちろん！　僕も全力で頑張ります！」

僕らは固い握手を交わす。こうちゃんが不満げにつぶやく。

『むむ！　ヒロインを差し置いて男と仲良くするなんてっ！　いけませんぞ！』

しゃー、とこうちゃんが歯を剝く。子猫みたい。

『すまないレディ、君の愛《いと》しい人を奪うつもりはないから安心したまえ』

え、せ、先生……⁉ に、日本語じゃない……？

『お、おぬしまさかロシア語マスター⁉』

『ふ……この白馬王子、多言語を操ることなど造作もない！』

『と。とゆーことは……こうちゃんの恥ずかしい台詞《せりふ》も……？』

『もちろんバッチリ聞いていたさ。なに、誰にも言わないことは約束しよう』

こうちゃんと会話する先生。わなわな……と声を震わせた後、こうちゃんが叫ぶ。

「のぉおおおおおおおおおおおおおおおおおおおお！」

◆

夏コミも無事終了し、僕たちは、打ち上げにやってきていた。

「それでは……焼き肉ぱーちー、はじめますっ！」

主催者こうちゃんが高らかに宣下する。ここはお高い焼き肉屋ＪＯＪＯ苑。

上座に座っていた彼女は立ち上がり、飲み物を片手に周りを見渡す。

「皆さまの……おかげで、大盛況！ 売り上げ……がっぽり！ なので、今日は……気にせずじゃんじゃん、食べてちょ！」

「「「いえーい！」」」

こうちゃんが手に持ったグラスを掲げて言う。

「じゃ……かんぱーい!」

「「「かんぱーい!」」」

参加者は僕、こうちゃん、由梨恵、アリッサ、みちる、そして贄川さん。

由梨恵はイベントを終えて合流した感じだ。

「あっしも参加してよかったんですかい?」

スーツを着たターミネーターみたいな巨漢が、申し訳なさそうに言う。

「よかと、です! 兄貴……世話になったのでっ」

こうちゃんは贄川さんとすっかり打ち解けたご様子。

「アタシもいいのかしら、そんなたいそうなことしてないけど」

みちるもまたそう言う。

「みちるの……姐御《あねご》。朝から……がんばった! 食いねえ! 肉くいねえ!」

「あ、そ……あんがとね」

にこーっとこうちゃんが笑う。

こっちも仲良くなったみたいだ。

「……ユータさん、お肉が焼けましたよ♡」

アリッサがカルビを焼いて、お皿に載せて僕に向けてくる。

「……はい、あーん♡」

「あ、えっと……自分でできるよ」

「……あーん♡」

「あ、あーん」

アリッサの圧に押されて僕は一口食べる。

相変わらずJOJO苑の肉は美味《うま》い。

脂が、すんごい甘いんだよね。

しかもベタベタした甘さじゃない、こう……後を引かない甘さっていうのかな。

そして口の中で簡単に肉が解けていく……う、うますぎる。

「あ、ずっるぅい！ 私も！ はい勇太君あーん♡」

由梨恵が同じく肉を食べさせてくる。

「あ、アタシだって！ 勇太っ！ 食べてっ！」

みちるが箸《はし》を向けてくる。さ、三人から……？ さすがに無理だよ……。

てゆーか、みちる、コスプレで身につけていたウィッグを、まだかぶっていた。

多分変装のためってのもあるけど、それ以上に……。

「気に入ったの？」

「う、うん。な、なんかコスプレ楽しくなっちゃって……！ またやりたいかなぁって」

きらん、とこうちゃんが目を輝かせる。

「こすぷれ……まだイベントありまっせ」

「えっ？　出た……こほん。ま、まあ……その、で、出てやってもいいわ、ねっ！」

みちるが顔を赤らめながらそっぽを向いて言う。

そんな様子を見てアリッサがあきれたようにため息をついた。

「……ほんとあなたって素直じゃない」

「あ？　なによ、あんただって結構うらやましそうだったじゃん」

アリッサもみちると一緒にコスプレスペース行ったんだっけ。

「あんただって素直じゃないじゃん。お互いさまでしょ」

「……わ、わたしは……別に」

どう見てもアリッサもコスプレしたがっているようだ。

「こうちゃん良かったね、コスプレ仲間ができて！」

『かみにーさま、新しいコスプレたくさん用意しておきますぜ。またイベントがあったときは無理矢理にでも参加させ……美少女コスプレ神作家カミマツとして世に名をとどろかせましょう！』

こうちゃんがロシア語で何かを言っていた。

だが僕は学習した。

この子がロシア語をしゃべっているときは、たいていろくでもないことだと……。

「また何か企《たくら》んでるでしょ……？」

「オー、ソーリー。ワタシ、日本語ダメダメデース」

……そんなふうに、時間は楽しく過ぎていった。

そして、お会計の段階になった。

「こうちゃん、本当に一人で全部払うの？」

「あっしも出しますぜ？」

レジまでやってきた僕たち。

贄川さんも、こうちゃんが一人で全額出すことに気が引けているようだ。

「だい、じょーぶ！　今日の売り上げ……やばやば。金なら……ある！」

とは言っても年下の、しかも女の子におごってもらうのにはかなり申し訳なさがある……。

「出すって」

「だいじょぶです。お気遣い無用！」

こうちゃんがポシェットに手を突っ込んだ……そのときだ。

「………………」

彼女が石像のように固まったのだ。

「どうしたの？」

ふるふると体を震わせながら、涙目《なみだめ》で僕を見上げる。

「……財布、忘れてきた」

な、なるほど……。それは困った。

「どう、しよう……」

「え⁉」

こうちゃんがポタポタと涙を流している。

お、お金落としたの……そんなにショックだったのかな？

「なくしたお金、僕が補填《ほてん》しようか？」

するとこうちゃんがふるふると首を振った。

「おかね……じゃなくて……」

「何が悲しいの？」

「だって……あれ……かみにーさまから、初めてもらった……キーホルダーついてる……」

「あー……ももちゃんの、アクキー？」

それは夏休み前、初めてこうちゃんと顔を合わせたとき、僕らはアニメショップに行ったことがある。そこで僕は、デジマスのキャラ、ももちゃんのキーホルダーを買ってあげたのだ。

「あれ……すごい……だいじ……かみにーさまの……ぷれぜんと……だから……」

そっか、お金がなくなったことを悲しんでるんでもなければ、お財布をなくしてショックだったんでもなくて、僕からのプレゼントをなくしたことを、悲しんでるんだ。

……そんなに、大事にしてもらっていたんだ。

「ありがと、こうちゃん」

僕はポケットからハンカチを取り出して、彼女の涙を拭う。

……普段ひょうひょうとしているこの子が、泣くなんてよっぽどのことだ。

強い思いを、あのキーホルダーに持ってくれている。僕は……助けてあげたいって思った。

「こうちゃん、僕、探すの手伝うよ」

「ふぇ……？　いいの……？」

「もちろん！」

「でも……夜、遅《おそ》いよ？　疲れてない？　眠くない？」

「うん、大丈夫。僕はね、君が……泣いてるほうが、いやだよ」

こうちゃんが僕を見て……泣きそうになる。僕の体に抱きついてきた。僕は彼女の頭をなでてあげる。こうちゃんも、か弱い女の子なんだな。なんとかしてあげなきゃ。

「あんまりたくさんいろんなとこ行ってないから、すぐ見つかるよ。さ、いこ」

◆

財布を探すため、一度夏コミ会場へと戻った。

帰り道。僕たちはタクシーに乗って、こうちゃんの家へ向かっていた。

「良かったね、すぐにサイフ見つかって」

僕の隣にこうちゃんが座っている。

胸に抱いているのは、可愛らしいお財布だ。

「うん……危機一髪、だった」

守衛さんがサイフを拾っていてくれたんだ。

会場で探す手間が省けてラッキーだったね。

「よかった……よかったぁ……」

ぎゅーっ、とこうちゃんが財布を強く抱きしめる。ももちゃんのアクキーがぶら下がっていた。

こうちゃんがキーホルダーをぎゅーっと握《にぎ》りしめてる。もう二度と、なくさないように。

そんな思いが伝わってきて、うれしかった。あげたもの、そこまで大事に思ってくれてるなんてね。うれしいじゃないの。

「かみにーさま……ごめんね」

ぽつり、とこうちゃんがつぶやく。

「最後に、めーわくかけて。焼き肉の……お金も、出してくれて」

「ああいいよ、気にしないで」

サイフを忘れたこうちゃんの代わりに僕が出したのだ。

「ほんと……ごめんね？　今日……いっぱい手伝ってもらったのに……」

こうちゃんがシュン……と肩を縮める。

「せっかく……かみにーさまと、楽しい時間過ごしたのに……水差して、ごめんね」

いつも元気な彼女でも、落ち込むことってあるんだな。

彼女になんて言ってあげればいいだろう。

どうするのが正解だろう。女性経験の少ない僕は、白馬先生みたいに最適解が出ない。

でも、僕の口から、自然と言葉が出てきた。

「何を気にしてるのさ。今日はすっごく楽しかったよ！」

……自分でも驚いていた。落ち込んでいるこの子に、早く元気になってほしいと思っていたら、スッと励《はげ》ましの言葉が出てきた。

「……そう。でも、めーわく、じゃなかった？」

こうちゃんが沈んだ声音で言う。

「無理矢理……さそって。めーわく……じゃなかった？」

初めての夏コミ。

暑かったけど、新鮮な楽しみに満ちていた。

友達と一緒に売り子をしたり、ファンと交流したり、コスプレしたり……。

「コスプレは……恥ずかしかったけど、でも嫌じゃなかったよ。それに夏コミほんと楽しかった。こうちゃんが誘ってくれなきゃ、こんな楽しいことがあるんだって知らなかった」

だから、と僕は続ける。

「こうちゃん誘ってくれて、ありがと」

「……かみにーさま」

こうちゃんが鼻を鳴らすと、きゅっ、と彼女が僕の腕に抱きついてきた。

『……好き』

ロシア語で何かをぼそっとつぶやくこうちゃん。

たぶんまたしょうもないことを言ったんだろう。

でも、僕は彼女とのそういうやりとりを、どこか楽しんでいた。

さらさらの銀髪をよしよしとなでる。

ほどなくして、こうちゃんの家に到着した。

僕はこのままタクシーに乗って自宅に帰るけど、タクシーには少し待っていてもらって、こうちゃんを玄関先まで送り届ける。

「それじゃ、こうちゃん。お休み」

「あ、あの……！　かみにーさまっ」

ととと、とこうちゃんが顔を赤くして、僕に近づいてくる。

「お礼……したいです」

「お礼？　なんの？」

「諸々《もろもろ》の……お礼」

「いや、いいよ。お礼なんて」

ぶんぶん！　とこうちゃんが首を振る。

「お願い……です。お礼したい……です」

「うーん……別にいいんだけど……」

「………」

しゅん、と肩を落とす彼女を見ていると、なんだかさらに悪い気がした。

「あー、うん。わかったよ」

ぱぁ！　とこうちゃんが表情を明るくする。

「かみにーさま、しゃがんで」

「？　うん」

「目、閉じて」

「え？　う、うん……」

なにをするんだろう？

ちゅっ……♡

「…………はい?」

目を開けると、すぐ目の前にこうちゃんがいた。

……正面から、僕の唇《くちびる》に、キスをしたのである。

「え、えっと……」

「お、お礼……の、ちゅ、ちゅー……です」

「あ、ああ! お礼ね! うん、お礼のね」

妹も親愛の情をこめて、よくキスしてくるし……ああいうノリ……かな?

こうちゃんは恥じらいの表情を見せながら、一歩下がる。

「……毎日、楽しい。かみにーさまに出会ってから……毎日すっごく!」

こうちゃんが胸に手を当てて言う。

「ありがと……かみにーさま」

目をほそめてこうちゃんが、ロシア語でこんなことを言う。

『大好き♡』

その言葉の意味は、わからなかった。

でも……嫌な感じはしなかった。

「それじゃ、こうちゃん。またね」

「はいっ、また……！」

こうして、僕たちの夏コミは終了したのだった。

◆

こうちゃんと別れたあと、僕は一人、湯船につかっていた。

「ふー……つかれたぁ～……」

口のあたりまで、お湯につかって息を吐き、ぷくぷくと泡を出す。

思い起こされるのは、先ほどの、こうちゃんの大胆《だいたん》な行動。

「…………」

キスされた。それを自覚すると、なんだろう……頬が熱くなる。

彼女にキスされたシーンを、何度も思い出してしまう。

すごい……なんか……こう……遅れて照《て》れてきた。

僕って、こうちゃんをどう思ってるのかな……。

「…………」

改めて考えてみると、どうだろう。妹的な存在だと思ってたんだ。

もしくは、小動物みたいな。でも……今日僕がちょっと由梨恵との距離を感じたとき、彼女は励《はげ》ましてくれた。あれはうれしかった。
あのときだけじゃない、僕は今日……こうちゃんと一緒にいる時間が楽しかった。
また、ああしてどこかに二人ででかけたいな。
でもそれって……どういう感情なの？
「……なんなんだろうね」
はっきり言葉にできなかった。口にしようとすると胸が痛むのだ。
なんだろう……わからない。ただ……これだけははっきりしている。
こうちゃんと過ごした今日の日を、僕は忘れられないってこと。

第3章　実家に帰省！　いいなぁ…私も行きたぁい！

夏休みも中盤あたりにさしかかったある日の夜。

自室で執筆《しっぴつ》してると、由梨恵《ゆりえ》からライン電話がかかってきた。

『やっほー！　勇太君《ゆうた》！　ひさしぶり！　夏コミぶり！』

「うん、ひさしぶりっ」

知らず声が弾んでいた。だって今日まで彼女に会えない日が続いていたからだ。

『ごめんねー、ここ数日もー鬼のように忙《いそが》しくてー！』

「そうなんだ、お疲れ」

『えへへ♡　でも勇太君の声聞いたら、疲れもふっとんじゃったよー！』

電話の向こうから聞こえてくる声には、まったく疲れを感じさせない。僕への気遣《きづか》いが感じられる。本当にいい子だなぁ……。

『ところで明後日《あさって》とかって暇《ひま》？　東京に一瞬《いっしゅん》帰ってくるんだ！　ねえねえ会わない？』

「あー……」

なんてこった。なんでこのタイミングで……。

「ごめんね、帰省するんだ、明日から」

『帰省？　どこいくの？』

「長野。母さんの実家があるんだ」

あ……しまった。どうしよう、あのこと……どう由梨恵に伝えよう。

『実家に帰省！　いいなぁ……私も行きたぁい！』

どきん、と心臓が飛び跳ねる。い、いや……偶然だよね？　知らないはずだし……？

『ん？　どうしたの？』

「あ。いや……別に……」

……黙ってるのも、変だし、自意識過剰《かじょう》……だよね。いや自分から言うのもおかしいよな……。

その後も、由梨恵との会話に集中できないまま、会話は終了。

僕は一人、スマホを片手に椅子に座ったまま、小さくつぶやく。

「言えなかったなぁ……アリッサが、来るってこと」

実は今日、アリッサがうちに遊びに来ていた。帰省の話題がでると、彼女も明日から、長野に用事があるという。

どうやら山の中で音楽フェスが行われるらしい。

話の弾《はず》みで、一緒に長野に行き、実家で一泊することになったのだ。

◆

翌日。僕たち家族は、車に乗って高速道路を走っていた。

「いやぁまさかアリッサ様が一緒に来るなんて！　夢のようだなぁ！　がははは！」

運転席に座っている父さんが嬉《うれ》しそうに言う。

僕の隣《となり》にはアリッサが座っていた。

「……ご同行してよろしかったのですか？　ご家族水入らずでの旅行だというのに」

アリッサが申し訳なさそうに肩をすぼめる。

「いいのですよ気にしなくて、あなたは将来ゆーちゃんのお嫁さん候補なのですから♡」

母さんがニコニコしながら応える。へ、変なこと言わないでほしかった……。

なんか前はこういう話題、さらっと流せたんだけど、最近ちょっと嫌なのである。

「どったのお兄ちゃん？」

「い、嫌別に……」

まずい話題を変えたい。どうにかしないと……。

「うひょひょ～！　いつもは気が重い帰省だけど、超有名歌手のアリッサ様と一緒に旅行できるとなれば話は別じゃーい！」

父さん！　さすが、空気読んでない！　でも今はそれが助かった。

ちなみに、今から行くのは母さんの実家なので、婿養子である父さん的には肩身が狭いらしい。

「うへへ、ラッキースケベイベントとかあったらどうしよ～。お風呂《ふろ》でばったりとか～」

「うわーお父さん欲望丸出し……きもーい……」

妹の詩子《うたこ》が呆《あき》れたように言う。

「くれぐれもゆーちゃんのお友達であるアリッサちゃんに、迷惑をかけないように。かけたら……ちょん切ります」

母さんが般若《はんにゃ》スマイルのまま、カニのように指をピースして、何かを切る動作する。

「ちょん切る!?　なにを!?」

「もちろん……ナニを、ですよ♡」

父さんが青ざめた顔で押し黙り運転に集中する。

「……ふふっ」

突如《とつじょ》、アリッサが微笑《ほほえ》んだのだ。

「どうしたの？」

「……いえ、楽しい家族だなと。羨《うらや》ましいです」

「そう？」

「……ええ、とても」

そういえば……アリッサって家族関係どうなってるんだろう？

彼女と知り合ってそこそこ経《た》つ。何度か彼女の家に遊びに行ったけど、一度も家族に会ったことがない。アリッサの家族がどうなってるのか全く知らなかった。

どうなんだろう？　でも、あんまり深く聞くのも……失礼かなって。

「……どうなさりました？」

ジッ、とアリッサの顔を見ていたら気づかれてしまった。

ニコニコと微笑んでいる。

「あ、えっと……」

「お兄ちゃん、ラブラブだねぇ。愛《いと》しの彼女に熱烈な視線を浴びせるんだから～ひゅーひゅー」

詩子がニヤニヤと笑いながら言う。

「ちゃ、茶化すなよっ」

「ねえねえ！　アリッサさん！　お兄ちゃんとはどこまでいってるのっ？」

「こ、こら！　変なこと聞くな！」

「べろちゅーした？」

「「⁉」」

なんで……知ってる？　一度泊《と》まりに来たとき、彼女と熱いキスを交わしたことを⁉

いや、でも……知らない……はず、だよね？

僕はアリッサを見やる。彼女と目が合う。うう……はずい。

「あ、あれ？　これはぁ～？」

「あらあらぁ～♡　も～♡　ゆーちゃんってばぁ♡」

くっ！　沈黙《ちんもく》から察《さっ》せられてしまった！

「あらあらうふふ♡　青春ねぇ～♡」

「いいなぁいいいなぁー！　勇太ずるぅい！　アリッサ様とちゅーなんて！　くっそぉ！　あとで僕とチューしろ勇太ァ！　間接キッスだ……ぐふぅ……！」

父さんがお腹《なか》を押さえて悶絶《もんぜつ》する。

「あなた♡　高速道路でよそ見運転なんてしちゃダメでしょ？」

「……か、母さんも、運転手のミゾオチにパンチしちゃダメでしょ……」

「大丈夫ですよ♡　いざとなればあなたを道路に放り出して、わたしが運転しますから」

「いやぼく死ぬじゃんそれぇ！」

そんなふうに和気藹々《あいあい》としながら、僕らは長野県へと向かうのだった。

◆

僕らの住んでいる都会から長野まではだいたい高速で三時間くらい。

長野に着いたらさらにそこから下道で一時間くらい。

山奥のさらに奥へとやってきた。

……車中、ずっと気まずかった。忘れかけていたキスの思い出が再燃してしまったから。

彼女が照《て》れて何度も目をそらしていた。僕もまた……。

……また？　そう……なのかな。この胸の……感情は？

まあ、それはともかく。

「……こ、ここが、ユータさんのお母様の、ご実家なんですねっ」

若干うわずった感じでアリッサが言う。やっぱりまだ照れが抜けてないらしい。

一方で僕は……さっきよりは落ち着いていた。

「うん。ぼろいでしょ？」

「……いえ、すごい古風なお家ですね。武家屋敷みたい」

母さんの実家はめちゃくちゃ広い。

庭には池もあるし、平屋だしで、時代劇のセットですかってレベル。

「……ご実家は何をなさってるのですか？」

「陶芸家。なんか有名らしいよ。よく知らないけど～」

詩子が興味なさそうに言う。

「上松門左衛門《あげまつもんざえもん》って言うらしいんだけど」

アリッサが目を大きく剝《む》く。

「……とても、有名な陶芸家ではありませんかっ。茶器が1個、億をくだらないですよっ」

「「「え、そうなの……？」」」

「……どうしてご家族全員知らないんですかっ！」

「「「いやぁ……興味なくって」」」

はぁ、とアリッサがため息をつく。

と、そのときだった。

「勇太ぁあああああああ！」

庭の倉のほうから、作務衣《さむえ》を着た老人が駆《か》け足でやってきた。

ぴょんっ、と飛び上がって、僕に抱きつく。

「おお勇太！　大きくなったなぁ！」

「じいちゃん。ただいま」

作務衣に、頭にはタオルを巻いた老人が、すりすりと頰《ほお》ずりしてくる。

「勇太に会えてじいちゃんちょー嬉しいぞぉ！」

困惑《こんわく》するアリッサに詩子が説明する。

「おにーちゃん初孫だからおじいちゃんに溺愛《できあい》されてるの」

「おお！　詩子ぉ！　ひさしぶりだなぁ！」

じいちゃんが離れると、今度は詩子に抱きつく。

「おっすおじいちゃん。元気？」

「もう元気も元気じゃー！　わはは！」

次に母さんに抱きつく。

「雪《せつ》ぅ！　久しぶりだなぁ！　息災じゃったか！」

「ええ、おかげさまで」

「うんうん、それはいいことじゃ……ん？」

じいちゃんがアリッサに気づく。

「そこのべっぴんさんはどなたじゃ？」

「あー……彼女はアリッサ。僕の友達」

ぺこり、とアリッサが頭を下げる。

「……アリッサ・洗馬《せば》です。ユータさんの……お、友達、です♡」

……なんかいつもだったら、嫁さんとか言うところなのに、アリッサは友達と言い直していた。

そんな彼女を見てじいちゃんが目を大きく剝いて叫《さけ》ぶ。

「勇太ぁ！　でかしたぞぉ！」

すんごい笑顔になると、バシバシとじいちゃんが僕の背中を叩《たた》く。

「もう結婚相手を見つけてくるとは！　さすが勇太！」

「いやいやいや……」

「老い先短いわしに、ひ孫の顔を見せるためにもう結婚してくれるとは……くぅうううう！　なんて祖父思いの良い孫なんじゃ！　わしは勇太が大好きじゃぁあああ！」

うぉおんと大げさに泣くじいちゃん。

「……ひ、孫」

しゅうう……とアリッサが顔を赤くして言う。ああもうまた妙な感じになるー！

「じょ、冗談《じょうだん》だから！　だからねじいちゃん……友達、友達だからこの人」

「さぁさぁ！　こんな何にもないクソ田舎《いなか》じゃが、歓迎するぞ！　さぁみんな、中にお入り！」

じいちゃんはニコニコしながら、アリッサや僕たちに言う。

「お、お久しぶりです……お義父《とう》さん」

父さんがそうアイサツする。

「……なんじゃ、まだ生きとったのか貴様」

笑顔から一転、父さんを路傍の虫を見つめるような目でじいちゃんが見やる。

「何しに来た？　うちの敷居をまたぐなと言ったはずじゃが？」

「ひ、酷《ひど》いなぁ……お義父さん」

「貴様にお義父さんなんぞと呼ばれるいわれはなぁあああああああい！」

声を荒らげるじいちゃん。

一方でアリッサが僕に聞いてくる。

「……お爺《じい》さまは、なぜお父様を嫌ってるのです？」

「じいちゃん、大事な娘（母さん）をとられたってすごい根に持ってるんだ」

婿養子になった今も、じいちゃんから嫌われてるのである。

「貴様は帰れ。勇太たちはわしが家まで送り届ける。一人で東京に帰ってろこの東京もんが」

「お、お義父さぁん」

「だからそう呼ぶなと言ってるだろうがこの泥棒猫！」

泥棒猫って……男に使う言葉だっけそれ。

「か、母さぁ……ん。なんとかしてぇ～……」

父さんが母さんに泣きつく。

ニコッ、と母さんが微笑む。

「パパ♡」

「なんだぁ雪ぅ～」

雪とは母さんの名前だ。上松雪。

「長野県警に電話しましょ♡　不審者がいるって」

「おいぃいいいいいいいい！　母さぁああああああん！」

「よしわかった。すぐに電話するな」

じいちゃんが懐《ふところ》からスマホを取り出して、しゅしゅしゅ、と器用に操作する。

「じいちゃん、それに母さんも……それくらいにしてあげてよ」

チッ、と母さんとじいちゃんが舌打ちする。

「今日は勇太に免じて仕方なく泊めてやる。勇太に深く感謝するんじゃな！」

「ゆーちゃんが慈悲《じひ》深くて優しいひとで良かったわね、あなた」

「うう……ありがとうぉ勇太ぁ……」

そんな様子をアリッサは遠巻きに見ていた。

そして、ぽつりとつぶやく。

「……いいなぁ。明るくて、楽しい家族……」

◆

僕らは大所帯で、客間へとやってきた。

「「「ゆうちゃーん！　久しぶりぃー♡」」」

きゃー！　と黄色い声を上げながら、僕に近づく美女が四人。

みんなどことなく母さんの面影を残している。

「ゆうちゃん読んだわよデジマス♡」

「毎回とっても面白いわね！　さすがゆうちゃん！」

きゃあきゃあ、と僕は美女達に囲まれてもみくちゃになる。

「……詩子さん、どなたですか？」

「お母さんの姉妹ちゃんズ」

全員とっても若いふうにみえる。二十代でも全然通用する。

けど……子供がいるし、母さんの姉妹なのでさんじゅう……。「ゆーちゃん♡」

にっこりと笑って母さんが言う。

「それ以上は……ゆーちゃんでもダメよ～♡」

凄《すご》い笑顔の母さん。けど背後に般若の姿が……！

「そうだぞ勇太！　母さんに歳の話題はＮＧワードなんだ！　そう、たとえ全員さんじゅう
ぐふぅうううううう……」

母さんがミゾオチに一撃、おばさんたちが連続でコンボを決める。

「と、父さん……大丈夫？」

「なに……大丈夫さ。美女のパンチは……ご褒美《ほうび》だぜ……」

がくん、と父さんが倒れる。

「あらあらあなたお疲れなのね。長野まで長かったものね。こっちでねましょうねー」

ずりずり、と母さんが父さんを引きずっていく。

「ゆーちゃん♡」

がばっ！ と抱きついてきたのは、母さんの妹、月子さんだ。

さらに言うと、母さんの姉妹は、
雪（母さん）、月子《つきこ》（次女）、花鶏《あとり》（三女）、風香《ふうか》（四女）、水鳥《みずどり》（五女）の五人。

「おっきくなったわね〜！」

「少し見ない間にかわいさに磨きが掛かってるわねー♡」

ぎゅーっ、とおばさんたちが抱きついてくる。

母さんの妹も、母さん同様に巨乳なので困る。

「こっちもおっきくなった？」

「せ、セクハラですよっ！ もうっ！」

そこからもう誰《だれ》が抱きつくかで揉《も》めていた。

「……本当に大人気なのですね、ユータさん」

ちょっと離れた場所でアリッサが目を丸くしている。

詩子は両足を投げ出してアイスバーを食べていた。

「まー、おにーちゃんって地元じゃヒーローだからね」

「……ヒーロー？」

くいっ、と詩子が客間の奥を指さす。

そこには本棚やカラーボックスなどがたくさん置いてあった。

そして、デジマスの……というか、カミマツ作品の本やグッズが、山のように置いてあった。

「おじーちゃんがもう近所中に、親戚中にお兄ちゃんの作品広めまくったの」

「……なるほど、それでこの大人気っぷりなのですね」

がらり、とガラス戸が開かれる。

「勇太君帰ってるってほんとかやー⁉」

「ほんとだ勇太君だにーーー！」

ぞろぞろと入ってきたのは、じいちゃんの友達の農家さんだったりお隣さんだった。

一人二人ってレベルじゃない。

もう凄い大人数で押しかけてきた……！

「いさみさんから聞いたよぉ！　アニメので一ぶいでーが、ものすんげえうれたってなぁ！」

「……いさみ？」

はて、とアリッサが首をかしげる。

「うちのおじいちゃんの本名。上松いさみ」

わらわらともう、収拾がつかないレベルで近所のじいちゃんばあちゃんが押しかけてきたー！

さらにその子供や親も連れてきて……訳わかんないレベルで大人数になってるし！

「……みなさん、ユータさんのファンなのです？」

「そー。じいちゃんばあちゃんもカミマツ作品の大ファン。はーすごいよねぇおにいちゃん」

集まっているみんな、デジマスのシャツやらグッズやらをみんな身につけている。

身動きできないレベルでじいちゃん達に囲まれる僕……！

「勇太ちゃんは本当に天才だに！」

「むかしっから勇太ちゃんは神がかってたからなぁ！」

「おらたちにとっちゃイチローや大谷《おおたに》選手より勇太ちゃんのほうがヒーローだになぁ！」

そこへ子供が無邪気《むじゃき》に、デジマスグッズを持ってやってくる。

「「「ゆーにーちゃん！ グッズにサインしてー！」」」

「ああもう……！ ちょっとみんな離れて！ 動けないよー！」

けれどみんな僕を離そうとしてくれない。

「写真とろー！ クラスのみんなに自慢《じまん》するんだー！」

「あーずっるうぃ！ おれもー！」

子供達がスマホを取り出して、僕と記念撮影をしようとする。

「野球選手やサッカー選手より、みんなお兄ちゃんに憧《あこが》れてるのよね、この村だと。あとスマホの普及率やばいよ。ほら見て」

おじいちゃんおばあちゃんたちがスマホを片手に額《ひたい》を付き合わせてる。

「ゆーちゃんの写真インスタにあげるだに」「それはいかん。ネットリテラシーがなっとらんよぉ」『そのとおりだに。あ、クラウドに写真あげとくべ」

異様な光景にアリッサが目を丸くしている。

「じーちゃんたち、おにいちゃんのネット小説読みたいからってスマホ買ったんだよね」

ぺろぺろ、と詩子が二本目のアイスバーを食べる。

「……本当に大人気なのですね。すごいです、ユータさん」

結局じいちゃんがその場をおさめてくれるまで、揉みくちゃにされまくっていたのだった。

◆

お盆の時期、僕たちは母さんの実家である田舎までやってきている。

「家に居ても暇でしょう？　アリッサちゃんと一緒にどこかへ遊びに行ってきなさいな」

子供部屋にて、切ったスイカをもってきた母さんが、僕たちにそう言った。

「遊びに行くって……どこに？」

ここは山奥も山奥。

近くにレジャー施設なんてほとんどない。あってもイオンとか。

でも移動には車が必須になるんだよね。父さんには今日めちゃくちゃ運転してもらったから、また車出してもらうのは気が引ける。

「川釣りでもしてきたらどうかしら」

「なるほど……それなら自転車でいけるね」

ということで、僕は詩子とアリッサの三人で、川釣りにいくことになった。

庭先にある自転車置き場までやってきた。

「どれでも好きなの乗って良いよ」

ずらりと並ぶ自転車を指さして僕が言う。

じいちゃん、子供のためにと、やたらと自転車買いまくってるんだよね。

「……すみません。自転車、乗ったことがなくって」

金髪の美少女、超有名歌手のアリッサがおずおずと言う。

「えっ⁉　アリッサさん自転車乗れないの？」

詩子が目を丸くして言う。

「……ええ。子供の頃《ころ》から、移動は贄川《にえかわ》さんが送り迎えしてくれてたので」

なるほど……乗る機会がなかったのか。

「はいはーい！　あたし良い提案があるよ！」

詩子がニシシと笑いながら手を上げる。

あ、これは何か企《たくら》んでるなっ。

「おにーちゃんの自転車の後ろに、アリッサおねーちゃんが乗るのっ！」

「ええっ⁉　……いや、それは……どうだろう？」

お金持ちのお嬢様が、僕の運転する自転車に乗りたがるだろうか……？

「……の、のりま……」

アリッサは僕と目が合うと、かぁああ……と顔を赤くする。

「……い、え。その……詩子、さん。乗せて……ください」

「ほえ？　あたしでいいの？」

こくこく……とアリッサがうなずく。ちら、と僕を見てしゅうう……と顔を赤くした。

い、意識してる……のかな。僕のこと。いや……僕も、今この状態で後ろからぴたーって
されたら、どうにかなりそうだったから、いいけど……。

「ま、別にいっか。んじゃいこっか。しゅっぱーつ」

僕らはチャリンコに乗って田舎のたんぼ道を走る。

「ほんと何にも無いでしょーここ」

妹の詩子がアリッサに言う。

「……そうですね。田んぼばっか。山ばっかりです」

見渡す限りの田んぼ道がどこまでも続いている。

僕らのいるこの田舎町は、さらに四方を山で囲われていた。

北側を見ると、雪が掛かったアルプスの山が見える。

夏なのに雪が残っているそれを見てアリッサが目を丸くしていた。

「あたし都会住まいで良かったーってここ来るたびつくづく思うよー。こんな何にもない場所じゃ、つまらなくて死んじゃうもーん」

しかしアリッサは微笑んでいる。

「……いいですね。ビルも何もなくて。風がとても、気持ちが良いです」

アリッサが目を閉じて風を感じる。

都会育ちの彼女からすれば、ここの自然は、珍《めずら》しいものなんだろう。

ほどなくして、僕らは現地へ到着。

実家がある場所から自転車で三十分くらい山へ入った場所だ。

流れが非常に穏やかな、大きな川が流れている。

都会の川と違って、川底まで見える透明な水。

そして大きな魚があちこちで泳いでいた。

「ひゃっほーい！　およぐぞー！」

詩子が上着を脱ぎ捨てて、全裸《ぜんら》で川にダイブする。

川魚がいっせいに散る。

「詩子！　おまえ裸で入るなって！」

「だーいじょうぶだーって。この下、スク水だしー！」

あ、ほんとだ。

スクール水着を着ていた詩子が泳いでいく。

まったく……昔と変わらず、羞恥心《しゅうちしん》ってものを知らないんだからっ。

一方で僕たちは川釣りをしている。

アリッサと僕は竿を持って、魚が食いつくのを待つ。

白いワンピース姿の、どこぞのご令嬢《れいじょう》スタイルの彼女。

こんな庶民の遊びをしている……。

すごいアンバランスさがあったけど、絵になるね。

「……えいっ」

アリッサが竿《さお》を引き上げる。

だが針には何もくっついていなかった。

「あはは、早いよ。お、釣れた」

僕は釣り竿を引き上げると、ぶくぶくに太った川魚がくっついていた。

「……また釣り上げてます。これでもう一〇匹……すごいです」

「小さい頃からよくここで釣りするからね。慣れてるんだ」

アリッサが釣り針を川に沈める。

浮きが沈んだ瞬間にまた引き上げる。

「……また逃がしましたっ。もうっ。どうしてっ？」

「焦《あせ》らない焦らない。あ、また釣れちゃった」

「…………」

アリッサがふくれ面《つら》して黙ってしまった。

「ふふ……」

「……なんです？」

唇《くちびる》を尖《とが》らせるアリッサが可愛《かわい》らしい。

「いや、子供っぽいところもあるんだなって。アリッサいつも大人びてるからさ」

「……そうですよ。わたしだってまだ、十八なんですからねっ」

一個しか違わないのに、彼女は大人のオーラを纏《まと》っている。

それはたぶん、小さいときから歌手として大人の世界に立っているからかな？

「確か、八歳で歌手デビューなんだっけ？」

アリッサと知り合うようになって、僕も彼女のことを調べるようになった。

ウィキによると子供の頃から歌手として活動していたらしい。

「……ええ。途中で休止期間も挟んでましたけど」

アリッサは少し表情を暗くする。

どうしたんだろう……?

あんまり、昔のこと触れられたくないのかな……?

「……あっ、ひ、引いてます! すごい引いてるっ!」

釣り竿をにぎりながら、アリッサが興奮気味《こうふんぎみ》に言う。

竿の先端がぐいぐいとしなっていた。どうやら魚が食いついているらしい。

「……ど、どうすればっ」

「アリッサ落ち着いて」

「……で、でも、は、初めてでよくわからなくって」

最初は誰だってわからないよね。

よし、じゃあ僕が手伝おう。……どうしよう。でも、今引き上げないと逃げられちゃう。

ええい、男は度胸!

「う、後ろごめんね」

「え……? ひゃあ!」

僕は後ろからアリッサを抱きしめるような格好《かっこう》で、彼女の竿を持つ。

「……あ、あのあの、えっとあの」

アリッサが目をぐるぐるまきにして、動揺しながら言う。

僕も、心臓がドキドキする。でもここは無心だ。魚が逃げちゃう！

「い、いいかい、肩の力をまずは抜くんだ」

「……は、はひぃ」

顔を真《ま》っ赤《か》にしてるアリッサ。

力を抜いて、と言った瞬間、ぐらり……と彼女の体が揺らぐ。

「ちょっ⁉　アリッサちゃんと竿を持って！」

ぱっ、と離れた竿を、アリッサが摑《つか》もうとする。

だが失敗して、彼女はバランスを崩す。

「アリッサ！」

「きゃああ！」

ざばーん！　……と音を立てて、僕らは川の中に落ちてしまったのだった。

◆

「へくちっ」

「だ、大丈夫……？」

僕たちは川岸でたき火をしている。

火の周りには串に刺した川魚。

ついでに釣った魚をあぶっていた。

「……は、はい。その、タオルありがとうございます」

川に落ちてアリッサの服は濡《ぬ》れてしまったので、脱いで乾かしている。

その間に、アリッサは詩子のもってきたバスタオルを体に巻いていた。

……うう、タオルの向こうにアリッサの白い裸体が……いやいや！　邪念を振り払うんだ。

「な、夏場だし服すぐ乾くと思うよ。それまでちょっと待ってようね」

タオルは一枚しかなかったので、僕はぬれた服のまま火に当たっている。

「……ユータさんこそ、お風邪をひかれてしまうのでは？」

「大丈夫だって、僕男の子ですよ？　……くしゅんっ」

気まずい雰囲気《ふんいき》になる。

アリッサは顔を赤くし……首を振って、意を決したような顔になる。

そして、タオルをぴらっとめくる。

「……と、隣、あ、あいてますっ」

「い、いやいやいや！」

だって服脱いで、隣に座れってことでしょ⁉

いや無理《むり》だってまじで！

「……ユータさんは神作家。風邪で倒れてしまっては世界の損失です。さ、さぁ脱いで！」

「む、無理してない君!?」

「……そんなことありませんっ。さぁお早く」

……ま、まあでも風邪引くのはダメだし、上のシャツだけ脱いで、彼女の隣に座る。

……みたいなことを、以前の僕だったら、すぐしてただろう。

「さすがに、ちょっと……」

「も、もうっ！ ……し、失礼しますっ」

顔を真っ赤にした彼女が襲いかかってきた！ そのままぴったりくっついてくる。

「あ、アリッサさん!?」

「……き、緊急事態につき、その……ごようしゃ……くださいまし……」

彼女の肌と僕の肌とが、重なる。

あったかい……け、けど……心臓バクバクする。

だってすぐ隣に、世界的な美人歌手のアリッサの、全裸があるんだよ？

緊張するよぉ……。

僕らは同じバスタオルに身をくるんで、たき火に当たる。

ちなみに詩子は、離れた場所で釣りを楽しんでいる。

「「……」」

しばらく僕らは無言だった。いや、それはそうでしょ。

裸で、肩を寄せ合って火に当たってるんだから。なんだよこの状況《じょうきょう》……。

長い沈黙の後。

「……楽しいですね、ここ」

ぽつりとアリッサがつぶやく。

「そ、そうかな……？」

気まずさは払拭《ふっしょく》できないけど、世間話していたほうが気が紛れるので続ける。

向こうも同じ気持ちなのだろう、次第に、彼女のしゃべり方が流ちょうになる。

「……はい。美しい自然があって。それに釣りもできますし」

「田舎に来るの初めて？」

「……ライブでは何度か。でもお仕事で来てるので、観光は全然」

「そう……なんだね」

十八年生きてきて、田舎で観光するってことはなかったのだろうか。

子供の頃なら……あ、でも仕事してたのかな。

「……ユータさんは、毎年ここへ来てるんですか？」

「そうだねー。物心ついたときには。ほら、母さんの実家だしさここ」

「……わたしは、家族と旅行したこと、一度もないです」

どこか寂しそうにアリッサがつぶやく。

「一度も?」

「……ええ。子供の頃はお稽古《けいこ》とお仕事ばかりでしたので。それにお母さんが……」

それきり、アリッサは黙ってしまう。

「お母さんが……どうしたの?」

そういえばアリッサの家族関係は不明な点が多い。

超高級マンションに一人で住んでいた。

家事はお手伝いの贄川さんが、ずっと昔から代行していたって言っていた。

「……なんでも、ないです」

「そ、そう……」

正直不完全燃焼すぎた。

彼女もまた全てを口にできずもどかしそうにしている。

でも……僕は見てしまった。

彼女が、自分の過去を語ろうとしたときにつらそうにしていた。

何か、悲劇的なことが、家族に起きたんだろうか……?

それを無理矢理聞き出すことは僕にはできない。

興味本位で踏み込んで良い内容じゃない。

でも……僕は言いたかった。だって、アリッサが本当につらい顔をしているから。

そんな顔、見てる方が……つらいから。少しでも、楽にしてあげたい。

「つらいことは、一人でため込まない方がいいよ」

「……え？……ど、どういう？」

アリッサが驚いてる。急に話を振られたこともそうだし、僕が踏み込んできたことにも驚いたのだろう。僕自身も、らしくないとは思ってる。でも、嫌なんだよ。

なんでとは答えられないけど、嫌なんだ。君がつらいのが。

「そのままの意味だよ。つらいこととか嫌なことがあったら、無理に言わなくてもいい。けど一人でため込むとさ、気持ちが落ち込んじゃわない？」

答えのないことをグルグルと考えていると、ドンドン思考がネガティブになるんだよね。

「そういうときはさ、相談に乗るよ。ほら、僕たち……友達でしょう？」

「……ユータさん」

彼女が目を潤《うる》ませて僕を見上げる。

夏空のようなその青い瞳《ひとみ》に吸い込まれそうになる。

……顔を、どちらからともなく近づける。

「じ～～～～～～～～～～」

……詩子が、僕らをガン見していた。

「な、何やってるの？」

「続けて、どうぞ……！」

詩子はしゃがみ込んで、僕らを見ていた！ わぁ……！ は、はずい……。

ぱっ、と僕らは体を離す。

「なーんだもうやめちゃうの？ そのまま外でおっぱじめるのかと期待したのに～」

「……お、おっぱじ……きゅう……」

アリッサは顔を真っ赤にして、くたぁ……と体から力を抜く。

僕に寄りかかってきて、そのまま押し倒される形になった！

全裸のアリッサに、のしかかられてる！ うわぁあああああああ！

やばいくらい心臓がやばいやばい語彙《ごい》が溶けるくらいやばいぃいいいいい！

「う、詩子ぉ！ たすけて！」

「えー、なんだってー？」

ぱしゃぱしゃ、とスマホで僕らを激写してる！

やめて！ これ誤解生むから！

「良いから助けてって！」

◆

こうして僕らは釣りを楽しみ、みんなでご飯を食べた後……。

夜、僕は山奥にある池までやってきていた。

アリッサに、田舎のホタルを見せてあげたかったのだ。

目の前に広がるのは、光の花畑とでも言うような、見事な光景だった。

池の周り、水辺に無数のホタルが集まっている。

湖面には蛍《ほたる》の光と月明かりが反射して、ぼんやりと湖が輝いてるようだった。

「…………」

アリッサが目の前の美しい景色に見とれている。

けれど蛍火を映す彼女の青い瞳も、負けず劣らずにきれいだった。

吸い込まれそうな彼女の瞳を見ていると……つつぅーと涙《なみだ》がこぼれていることに気づく。

「あ、アリッサっ？　どうしたの？　何か悲しいことでもあった？」

「……え？　あ、ち、ちがい……ます。なんだか……感動してしまって……」

自分の手で涙を拭《ふ》くアリッサに、僕はポケットからハンカチを取り出して渡す。

彼女はそれを受け取って涙を拭いた。

「……ユータさん。こんなにも素晴らしい場所を案内してくださり、ありがとうございます」

「気に入ってくれた？」

「……ええ、とっても」

彼女は笑顔で言う。そこに陰りはなかった。

「満足してくれてよかったよ。僕もここはお気に入りの場所だからね」

「……よく来たのですか？」

「うん。小さい頃は家族みんなで来たかな」

懐《なつ》かしい思い出だ。ふふっ。

「……羨ましいです」

ぽつりとアリッサが独りごちる。

やはり、彼女にとって家族の話は触れてはいけないことだったのだろう。

前の僕なら遠慮してただろう。

けど……今は。彼女と少なくない時間を過ごしてきた、今ならば……。

「ねえ、アリッサ。よければ……教えてくれない？」

「……ユータさん？」

虚を突《つ》かれたように、目を丸くする彼女に僕は言う。

「君が家族の話をするたびに、つらそうな顔をする理由をさ」

「…………」

彼女は目を泳がせる。

言うか言うまいか、迷っているように感じた。

僕は、言葉を待った。促《うなが》すことも、スルーすることもしなかった。

知りたいんだ、彼女のことを……もっと。いや、違うな。アリッサだけじゃない。

そばにいる女の子たちみんなのことを、だ。

世界にみちるしかいない時と違って、僕の周りにはたくさんの女の子たちがいる。

みんなことを、知りたい。もっと、強く。少なくない時間を共有して、僕の中には、他者への関心というものが芽生えた気がする。

やがて彼女は静かに言う。

「……わたし、家族から、凄く嫌われてるんです」

「嫌われてる?」

「……はい。特に……母から」

アリッサの家族関係は不明な点が多い。

いつ彼女の家にいっても、彼女の母の気配を感じたことは無かった。

お手伝いさんの贄川さんは、アリッサがまだ子供だったときから家の手伝いをしていた、と言っていた。

……裏を返せば、それくらい昔から、彼女は家族と離れて暮らしていたということ。

でも……親が死んでいたわけではなかったみたいで、ホッとしている。

「嫌われてるって……どういうこと？」

「……ユータさんは、【ホタカ・有明《ありあけ》】ってご存じですか？」

「聞いたことあるよ。確か……引退した凄いアイドル歌手だよね！」

ホタカ・有明。

僕は生で見たことないけど、父さんは直撃世代だって言ってた。

家でブロマイドを見かけたことがある。

きれいな金髪に青い瞳……そう、目の前のこの人と同じ色を備えている。

「そうかアリッサ……そんな凄い歌手の娘だったんだね。すごいなぁ」

「…………」

彼女は困った顔をしていた。

嬉しいような、悲しいような……そんな顔だった。

でも、お母さんが凄いアイドルだったことと、アリッサとどう関係あるのだろう。

「……母の引退した理由をご存じでしょうか？」

「え……？　そこまでは……」

「……ノドを、痛めてしまったんです」

歌手にとってノドは命より大事なのだと、アリッサは言う。

そりゃそうだ。小説家《ぼく》だって両手がなければ文字が打てないもの。

「……母は、ノドを痛め引退を余儀なくされました。でも、彼女はもっと歌いたかったんです。母はいつも言ってました、この世界の頂点に立ちたかったと……」

悲痛な表情のアリッサを見て、ここからが、彼女の触れてはいけない部分であることが容易に想像できた。

「……わたしは、その夢を……」

そのとき、ポロポロ……と彼女が涙を流す。

「……ごめ……お母さん……上手に歌えなくて……ごめんなさい……ぶたないで……」

つらそうな表情で涙を流す彼女……。

僕は……もうたまらず彼女の体を、正面から抱きしめていた。

釣りの時は、気恥《は》ずかしくて触れられなかった。でも今はそんなの気にしていなかった。

そんな僕のちっぽけな羞恥心よりも、今目の前で泣いてる彼女を、抱きしめてあげたかった。

「ごめん、アリッサ。つらかったよね」

「……ユータさん」

彼女の柔らかな体を抱く。細く、儚《はかな》く……脆《もろ》い。

そんな彼女をほうっておけなかった。

アリッサは僕の体を抱き返してくる。

僕を離すまいと、強く強く抱きしめる。

彼女の髪の毛を僕はなでる。余計な雑念は消え、ただ……お互い触れていたいという気持ちだけがあった。

やがて、彼女の体の震えが止まった。

「落ち着いた？」

「……はい。ありがとうございます」

アリッサは顔を離す。

涙で目元が腫《は》れぼったくなっていた。

「それ以上は、無理には聞かないよ。でも……ありがとう。つらい過去を打ち明けてくれて」

心の傷を全てさらけ出したわけじゃないけど、その一端でも、口にするのはとても勇気と覚悟《かくご》がいるものだったろう。

「アリッサにどんな過去があったのかわからない。けど……これだけは言えるよ」

僕は彼女に笑いかける。

泣いてる彼女が、少しでも笑ってくれるように。

「僕は……君のそばに居るよ」

アリッサは過去に何かがあって、母と離れて暮らすことを余儀なくされているのだろう。

彼女がいつも寂しげなのは、母親のぬくもりが遥か遠くにあるからだ。

なら……僕は彼女の近くに居てあげたい。

「……ユータさん。ユータさぁん……」

ぐすぐす、と彼女が鼻を鳴らす。

僕は彼女の体を抱きしめる。

「……嬉しいです。わたし……とっても……」

「そっか。よかった」

「……どこにも、いかないで?」

「うん、どこにもいかないよ」

泣きじゃくる彼女はまるで幼い子供のようだった。

そうとう昔から、彼女は我慢《がまん》していたのだろう。誰かに甘えることを。

「……ユータさん」

「ん? なぁに?」

アリッサが僕を見てくる。

涙で濡れた青い瞳に、黄金の月が反射して……キラキラ輝いてとてもきれいだった。

「……んっ」

彼女は目を閉じて、僕の唇に、自分の唇を重《かさ》ねる。

僕は……拒まなかった。彼女の気が少しでも、休まってくれるなら……。

やがて、彼女は顔を離す。

「……好きです。大好き……です♡　これからも……ずっとずっと、永遠に愛してます」

◆

翌日、アリッサは贄川さんの車に乗って、去って行った。

僕は畳の部屋に一人寝転がって、物思いにふけっていた。

「…………」

思い返すのは、アリッサのこと。抱きしめたときの、彼女のぬくもりと、驚くほど細い体。

……でもすっごい柔らかかったなぁ。

「…………」

アリッサが帰ってしまった。もちろんまた東京に帰れば会えるだろう。

でも……でも今は、もっと彼女と触れていたかった。今朝彼女が帰るときに、帰らないで……そう言いかけてしまった。僕は思い返す。彼女とのディープキス。彼女を抱きしめたときのぬくもり。そして……。

「……はあ」

なんか小説に手がつかない。書く気になれないのだ。でも……目をつむるとアリッサの肌や、柔らかさを思い起こしてしまう。

「うう……だめだ……だめだぁ～……」

もうしばらくは、アリッサのことを忘れられないだろうなぁ、と僕は確信を得ていたのだった。

間章　ありがと！　みちるちゃんは…優しいね！

上松勇太《あげまつゆうた》が、母方の実家へ帰省している、一方その頃《ころ》。

彼の幼馴染《おさななじみ》の大桑《おおくわ》みちるは、スーパーから帰る途中だった。

「はぁ……あっつ……ダルい……」

八月中旬。時刻はまもなく十八時にさしかかろうとしていた。

まだまだ周囲は明るい。西日はみちるの首筋をじりじりと焼く。

「勇太……今頃どうしてるかしら……」

帰省することは知っていた。

彼は、みちるが一人になることを懸念していた。

別に大丈夫だとそのときは言ったが……。

「……勇太、早く帰ってこないかな」

元来みちるはとてもさみしがり屋だった。

そんな彼女が買い出しからの帰り道、勇太の家の前を横切った……そのときだ。

「あ、やっほー！　みちるちゃん！」

「げっ……駒ケ根由梨恵《こまがねゆりえ》……」

黒髪の清楚可憐《せいそかれん》な美少女が、路上にひとり立っていたのだ。

さらさらな髪の毛も、真っ白な肌も、抜群のプロポーションも……。

みちるにとっては妬《ねた》みの対象だった。

もっともみちるもまた、由梨恵とは別種の美少女ではある。

背は低いものの、童顔《どうがん》で、整った顔つき。そして何より身長にそぐわぬ大きな胸は、男性を虜《とりこ》にしてやまないだろう。

それでも……ひがんでしまうのは、相手が超人気のアイドル声優だからだろう。

あまりお近づきになりたくないのだが……。

由梨恵はニコニコと無警戒な笑顔を浮かべて近づいてくる。

「ひさしぶり！　夏コミ以来だね！　みちるちゃん！」

「そ、そうね……」

至近距離まで無遠慮にやってくる由梨恵。

パーソナルスペースのなんと狭いことだろうか。

……近づくほどに、由梨恵の凄《すさ》まじい美貌《びぼう》に嫌でも気づかされる。

顔が小さいのに眼は大きい。

各パーツは芸術品なまでに整っている。

これで演技力もあって声質もいいのだ。

若手ナンバーワン声優なのもうなずける。

……ああ、羨《うらや》ましいとみちるは内心で黒い思いを抱く。

「あんた、こんなとこで何してるの？」

彼女は人気声優だ、この辺をうろちょろして良い存在ではないはずだ。

「仕事が予想以上に早く終《お》わっちゃって。会いたいなーって思って！　やってきちゃったの！」

ああ、とみちるは合点がいった。

「勇太、お母さんの実家に帰ってるわよ」

「あ、うん。それは聞いてた。もう帰ってきてるかなーって思って寄ってみたんだけど……」

ようするに勇太に会いに来たのに、不在していて途方に暮れていたみたいだ。

「タイミングが悪かったわね。明日には帰って来るみたいだから、出直せば」

「そうだね！　教えてくれてありがとう！」

由梨恵はみちるの手を摑《つか》んで、ぶんぶんと手を振る。

(手⁉　ナチュラルに手をつないできたわ。こういうところか……男が惚《ほ》れるところは)

ぐぬぬ、とみちるは歯がみする。

自然なボディタッチ、みちるができないことであった。

由梨恵は自分にないものをたくさん持っていた。

美しい見た目も、素直で可愛《かわい》い中身も、何もかも……。

（……苦手だわ）

「じゃ、アタシはこれで」

「うん！　またね！」

みちるはため息をつきながら、勇太の家のすぐ近くにある、自分の家の玄関までたどり着く。

「えっと……鍵《かぎ》、鍵は……あ、あれ？　ないわね……」

「みちるちゃーん！」

とととと、と由梨恵が小走りでこちらに向かってくる。

「鍵！　落としてたよー！」

由梨恵の手には自宅の鍵が握《にぎ》られていた。

どうやら彼女と立ち話しているときに落としたのだろう。

「あ、ありがと……」

「いえいえ、みちるちゃんが困らなくってよかったよ！」

（こいつほんと性格まで良いとか……はぁ、神さまは不公平だわ、本当に）

みちるは由梨恵から鍵を受け取る。

そして同時に、ここでハイさようならと追いかえすことはできないなと思った。

鍵を拾ってもらったのだ、お礼をしなければ心が痛む。

「上がってきなさいよ。暑かったでしょ。麦茶くらいだすわ」

「いいのっ？　わーい！　助かったぁ～……」

「助かった？」

何を言ってるのだろうか？

まあいいやと思って、みちるは由梨恵を自分の家に上げるのだった。

◆

「は？　サイフとスマホ置いてきたって……？」

みちるの家のリビングにて。

冷房がよく効《き》いているなか、テーブルを挟んで彼女たちは座っている。

「そー、ここまでタクシーで来て、支払いして、そのままバッグを車内に置いてきちゃってさー。どうしようかなーって」

あはは、と由梨恵が困ったように笑う。

「いやどうしようかなって……タクシー会社に電話しなさいよ」

「！　その手があったか！　みちるちゃん凄《すご》い！」

（こいつ天然か？　くそ……さらに好かれる要素じゃないのよっ。なんなのよもー！　神さ

ま属性を盛りすぎじゃない⁉）

　はぁ、とみちるは大きくため息をつく。

「どこからタクシー乗ってきたの？」

「仕事現場から！」

「……だからそれがどこかって聞いてるのよっ！」

「わかんない！」

　ずるっ、とみちるがずっこける。

「……スタジオの名前教えて。調べるから」

　スマホで検索した結果、都内のスタジオであることが判明。

　近辺のタクシー会社に連絡を取る。

「タクシーまだ帰ってきてないってさ。夜くらいには折り返し連絡来るって」

「ふぇー」

「なによ、気の抜けた声だして……」

「みちるちゃん……すごいなーって思って！」

「は……？」

　何言ってるんだこいつ、とみちるは首をかしげる。

「だって手際よくいろいろやってくれたじゃない！　すごいよ！」

嫌味か、と思ったがどうやらそうでないらしい。

彼女の笑顔には、裏表がまるでないのだ。

……その澄み切った黒い瞳《ひとみ》が、眩《まぶ》しくってしょうがなかった。

「別に。それよりあんた家に連絡した方がいいんじゃない。……家族とか、心配してるわよ」

「あ、そっか！　そうだよね……！　電話借りてもいい？」

首肯すると、由梨恵に電話の子機を手渡す。

しばし由梨恵は子機をいじくりまわし、なかなか連絡を取ろうとしない。

「何してるのあんた？」

「みちるちゃん……これ、なに？」

「は？　電話だけど」

「え、電話ってスマホのことでしょ？」

きょとんとした表情で由梨恵が言う。

こいつ……電話＝携帯電話だと思ってるらしい。

「そーいや、最近じゃ家電ひかないとこも多いって聞くわね……。貸してほら」

みちるは電話の子機を受け取る。

「番号言って。アタシがかけるから」

「ほんとっ！　ありがとー！」

……何かするたびにありがとうと、由梨恵は言う。

それは別に誰《だれ》かに媚《こ》びを売ろうと思ってやっていることとは感じられない。

純粋に、何かをしてもらって、心から感謝しているように感じた。

その純粋さが……羨ましかった。

自分にないものばかりを、この子は持っている。

「番号番号……お兄ちゃんの電話番号ならわかるわ！　えっとねぜろきゅーぜろの……【頭隠して尻《しり》隠さず】！」

「あた……？　ちょ、何よそれ。語呂合わせ？」

「そうそう！　番号で言うとねー」

みちるは教えてもらった番号を入力する。

「ぷっ……なるほど、確かにこれは【頭隠して尻隠さず】ね」

「でしょー！　ね、覚《おぼ》えやすい！」

知らずにみちるは微笑《ほほえ》んでしまっていた。

由梨恵は子機を持って兄と会話している。

「うん！　お兄ちゃん……バッグ置いてきちゃって。うん、迎えに来て！　うん……ありがと！　うん！　じゃあ待ってるから！」

……その様子をみちるはまた、遠くから羨ましそうに見ていた。

ややあって、電話を終える。

「お兄ちゃん二時間くらいで来るって！」

「あらそ、良かったわね、とりあえず帰れるみたいでさ」

「うん！　みちるちゃんのおかげだよっ！　ありがとー！」

……由梨恵がキラキラ輝いて見える。

明るく、ちょっと天然で……可愛い見た目。

けれど自分の美しさをひけらかすことはなく……誰にでも優しい。

……ラブコメマンガの、まさに王道ヒロインとも言える彼女が……妬ましくて仕方ない。

しかしなぜ自分は彼女を追い出さないのだろう。

どうして、お節介を焼いてしまうのだろうか？

「そういえばあんた……いつから勇太の家の前にいたの？」

みちるが買い物に行ったのは、十六時くらい。

そこから商店街をぶらついて、買い物から帰ってきたのが十八時。

家を出たときには由梨恵はいなかった。

仕事終わりだから……十七時半くらいだろうか、彼の家の前に着いたのは。

「十五時！」

「ブッ……⁉　は、はぁ？　あんた十六時にはいなかったじゃない？」

「近くに可愛い猫ちゃんがいて……追い掛けてた！」

「小学生なのあんたっ！　てゆーか……三時間もこの炎天下の中にいたわけ⁉」

よく見れば由梨恵は大粒の汗をかいている。

シャツも汗でぐっしょりと濡《ぬ》れていた。

みちるが出した麦茶のグラスは、既にカラになっている。

……それだけのどが渇いてたのか。

「どうしてそれ先に言わないのよ！」

「え？　別に聞かれてなかったし……」

「ああもう！　天然すぎんのよ！」

みちるは台所へ行って、スポーツ飲料を取り出す。

戻ってきて由梨恵にペットボトルを渡す。

「はいこれ！　ポカリ飲んどきなさい！　あとこれ塩飴《しおあめ》！　塩分補給！」

「う、うん……」

当惑する由梨恵をよそに、みちるは言う。

「お風呂《ふろ》わかしてくるからちょっと待ってなさい！」

「え、い、いや……さすがに悪いよ」

「いいから！　そのままじゃ風邪ひくでしょばかっ」

みちるがそう言うと、由梨恵は目を丸くする。

だがニコっと満面の笑みを浮かべる。

「ありがと！　みちるちゃんは……優しいね！」

「～～～～～～！　べ、別に！」

そう言ってみちるはその場を後にして、風呂場へ向かう。

シャワーを出して湯船を洗いながら……ため息をつく。

「アタシ……何やってるんだろう。あの子のこと、嫌いなはずなのに……」

自分にない全てを持ち、勇太と仲良くするアイドル声優。

これで妬まない方がオカシイ相手だ。

ようするに恋のライバルのはずなのだ。彼女と自分は、同じ男を愛してる。

なのに……どうしてか彼女の世話を焼いている自分がいる。

「ほんと、何やってるんだか」

◆

「ふぅー！　さっぱりしたー！」

黒髪の美少女、由梨恵が風呂場を出てリビングへと帰ってきた。

「おかえり」

みちるは台所に立って夕飯の用意をしている。

「着替えのシャツありがとー！　下着とかも助かっちゃったっ」

「別に良いわよ」

由梨恵が着ているのはみちるの部屋着だ。

向こうの方が背が高いため、シャツのサイズが若干あってなさそうだ。

タオルで髪の毛を拭《ふ》く由梨恵は、おへそがチラリと見えている。

「みちるちゃん何作ってるの？」

由梨恵が興味深そうに、みちるの手元をのぞいてくる。

ふわりとシャンプーの甘い香りがした。

振り返ると彼女は、みちるにくっついて肩越しにのぞき込んでいる。

「ちょっ、ちょっとあんた近いわよ距離が……」

みちるのパーソナルスペースはかなり広い。

だが由梨恵はそんなの気にする様子などいっさいなく、ぐいぐいと近づいてくる。

苦手だ……とみちるは内心で吐息をつく。

「わっ！　カレーだ！　おいしそー！」

ぐぅ～～～～！　と由梨恵のお腹《なか》が大きな音を立てる。

「あんた……アイドル声優なんでしょ……？」

「アイドルでもお腹は減ります！」

「ま、まあそうね……うん」

「わぁ……おいしそうだなぁ～……」

たらり……と由梨恵がよだれを垂らす。

（本当にアイドルなの……いや、アイドル声優か。まあどっちでもいいや……）

なんだか由梨恵に対していろいろ考えるのが馬鹿馬鹿《ばかばか》しくなってきた。

「夕飯食べてく？」

「いいのっ？　わーい！　みちるちゃん大好きー！」

由梨恵が後ろからギュッ、と抱きついてくる。

「ちょ、ちょっと！　ちょっと離れて！　危ないじゃない！　火使ってるんだから」

「あ、そっか！　ごめんごめん！」

ぱっ、と由梨恵が笑顔で離れる。

本当に素直であった。

「みちるちゃん手伝うよ！」

「いや……良いわ。もうできてるし」

「むぅ……でも何もしないのは申し訳ないよ！」

住む世界が違う女だと思ったけど、なかなか気さくで……普通に良い子だった。

「……そう。じゃ、そこの棚から食器取り出して」

「了解だよっ！」

ややあって。

みちると由梨恵はリビングのテーブルを挟んで座っている。

「いただきまーす！」

由梨恵はスプーンを持って笑顔で言う。

ハグハグ……と凄い勢いでカレーを食べていく。

どことなく子犬感があって可愛いなと思った。

（……可愛いって、いや相手は女よ）

「おいしー！　みちるちゃんっ、これすっごくすっごくおいしいよー！」

夏の太陽のように眩しい笑顔。

さらに勇太以外の他人（会ったばかり）からストレートに褒《ほ》められたことで、みちるは照《て》れてしまう。

「あ、あっそ……どうも」

この子相手だとどうにも調子が狂う……。

口の周りにカレーをつけて、子供みたいに思ったことを口にする彼女を見て……。

（ああ、この子……そういう子なんだな）

純粋無垢《むく》な美少女。

それはみちるが最も憧《あこが》れるものだ。

自然体にしているだけで、誰からも愛されている。

本当なら羨ましくて仕方が無いと妬むところだけど……。

「あんた、口にカレー付いてるわよ？」

「えっ、どこどこっ」

わたわたと慌てる彼女が可愛らしくて、みちるはつい微笑んでしまう。

箱ティッシュから一枚手に取る。

「動くんじゃないわよ」

「はーい！」

由梨恵の口元を拭《ぬぐ》いながら、くすり……とみちるは微笑んでしまう。

「どうしたの？」

「あ、いや……なんでもないわ」

妹が居たらこんな感じだろうか……と思ってしまったのは胸に秘めておこう。

見た目麗しく素直で、しかも巨乳な妹がいたら……自分だったら劣等感で潰《つぶ》れてしまっていただろうから。

ほどなくして、カレーを食べ終えた。

「いやぁ、みちるちゃん本当に料理上手だね！　尊敬《そんけい》しちゃうなぁ」

食後の麦茶を二人で飲んでいる。

いつの間にか由梨恵は自分の隣《となり》に座っていた。

距離が近い……と拒むことはない。

こういう子なのだと思えば慣れるというものだ。

「みちるちゃんは、いいお嫁さんになるよ！」

「……そうかしら。アタシ、あんたらと比べて平凡だし」

由梨恵たちに負けないと宣言したとはいえ、勇太の周りの女たちはみな、強敵だ。

全員が社会的な地位を築き上げている。世間から認められるスターたち。

一方で自分は平凡極まる存在。負けてやるつもりはないとはいえ、不安になるときはある。

「そんなことないよっ」

由梨恵がずいっと顔を近づけて言う。

「みちるちゃん可愛いし、優しいし、お料理も上手だし……男の子がほっとかないよ！」

大きな黒い瞳がすぐそばにある。

……ああ、なんて澄んだ眼をしているのだろう。

「そ、そんなことないわよ……男の子は、あんたみたいな、明るくて性格の良い子のほうがいいって思ってるわよ」

「誰かにそう言われたの？」

ジッと由梨恵が自分を見てくる。

その透き通った瞳には悪意は全く感じられなかった。

単純に聞いてきている。

「いや……言われたことないけど」

だからこそ、ストレートに返すことができた。

「じゃあそれ勝手にみちるちゃんが思い込んでるだけでしょ？　もったいないよ、せっかくみちるちゃん可愛いのにっ。もっと自信持って！」

ねっ、と由梨恵が微笑む。

出会ったばかりの頃なら、気休めの言葉だと断じて耳にしなかっただろう。

しかし彼女のキャラクターを知った今なら、彼女の言葉に裏表がないことを知った今なら……。

「……そう、かな」

少しだけ、信じてみてもいいかもしれない。

「そうだよ！　知ってる？　みちるちゃんみたいなの、ロリ巨乳っていって、今でも根強い人気ジャンルなんだよ！」

「いや何よジャンルって……」

おかしくって、みちるもまた笑ってしまう。

由梨恵と一緒に居るとこちらまで心が浄化されるようであった。

◆

二十一時くらいに来客があった。

由梨恵の兄を名乗る、青年がみちるの家を訪ねてきたのだ。

「我が妹が大変お世話になったね。これ、ツマラナイものだが受け取ってくれたまえ」

兄……イケメン作家白馬《はくば》王子は、手に持った菓子折をみちるに渡してくる。

「や、そんな……悪いわよ」

「いいから受け取ってくれたまえ。妹から聞いたよ、お風呂を借りて、晩ご飯まで食べさせてもらったそうじゃないか」

「ごちそうになりましたー！」

何の悪びれもない妹を見て白馬が苦笑する。

「さすがに世話になりすぎた。これを受け取ってくれないと申し訳がなさすぎる。どうか私を助けると思って」

「はぁ……じゃあもらうけど……」

みちるは白馬から菓子折を受け取る。

「まったく、タクシーにサイフとスマホを忘れるなんて、なぜすぐに私に連絡しなかったんだい？」

ふぅ、と白馬がため息をつき妹を注意する。

「仕事が終わったはずなのに連絡が何も無いからとても心配したんだよ？」

「うう……ごめんねお兄ちゃん……」

しゅん、と由梨恵が肩を縮める。

「ま、元気そうで何よりだ。次から気をつけるのだよ」

きらっ、と白い歯を見せて、白馬は由梨恵の頭をなでる。

「あ、そうだ！　バッグをタクシーに置いてきちゃったの！」

「安心したまえ。バッグは回収しておいたさ」

「ほんとっ？　ありがとー！」

「お礼は私ではなく、無償であれこれ世話してくれたみちるくんに言うのだよ」

「言いました！　もうめっちゃお礼いったもーん！」

仲睦《なかむつ》まじい兄妹を見て、うらやましがるのではなく……純粋に微笑ましく思っていた。

「みちるちゃん、本当にシャツ借りてっていいの？」

由梨恵が着ているのはみちるのシャツだ。

洗濯物はビニール袋の中に入って、由梨恵の手にある。

「いーのよ。気にしないで。お古だし」

濡れた服で由梨恵を帰すことのほうが嫌だった。

それくらいには……彼女のことを気に入っているのだろうとみちるは自覚《じかく》する。

「そっか。うん、じゃあまた今度来たときに返すね！　また遊びに来てもいい？」

距離の詰《つ》め方がオカシイ……と思いつつも、また彼女と会いたいなと心のどこかで思う。

「そう……ね。良いわよ……別に」

由梨恵はみちるの手を握って、ニコッと笑って言う。

「約束だよっ！」

ぱっ、と手を放すと由梨恵は外で待っているタクシーの元へ行く。

「夜分にすまなかったね」

一人残った白馬がみちるに頭を下げる。

「あの子ちょっと人との距離感が独特なんだ。でも……嫌いにならないでくれるとうれしい」

さりげなく妹のフォローを入れるこのイケメンに対して、いいお兄ちゃんだなと思った。

「別に。アタシも……たのしかったんで」

フッ……と白馬が微笑む。

「それでは失礼する。夜も遅《おそ》いから、戸締まりをちゃんとして寝るんだよ」
では、と言って白馬もまたみちるの元を去り、タクシーが走り去っていく。
そのとき、ぽこん♪　とみちるのスマホにラインの通知が来た。
由梨恵からだ。さっき連絡先を交換していたのだ。
『またねー！』
みちるはシュシュッ、とフリック入力して返事をする。
『またね』

夏休みも後半にさしかかってきたある日の夜。

深夜、大桑《おおくわ》みちるはスマホを片手にお風呂に入っていた。

「勇太《ゆうた》……どうしたんだろう……？」

彼女が見ているのは、小説家になろうのページ。

勇太の作者ページに飛ぶ。最終更新は……一昨日。

「おかしいわ、あいつが、更新サボるなんて……」

上松《あげまつ》勇太はかなり筆が早い。毎日デジマス、あるいは新作の僕心《ぼくここ》をなろうにアップロードしている。サボるなんてことは、ほとんどない。

ツイッターを開く。【カミマツ】と調べる。ものすごい量のツイートが書き込まれている。

『デジマス最高！』『なんか今日更新されてなくね？』『神も夏休みなんだろ』『そりゃそっか』

とまあ、勇太が更新していないことに気づく者は多いが、しかしそこまで重く捉えてるところはない様子。

「いや……大問題でしょ……」

スマホのラインアプリを開く。

少し考えて、みちるは由梨恵《ゆりえ》にラインを送る。

『ねえ、勇太から何か聞いてない？』

すぐに既読がついたが、特にないという返事が返ってきた。

『そっか。忙《いそが》しいのに悪かったわね』

大丈夫というスタンプが送られてくる。

『今度プールいこ！　みちるちゃん！　お祭りにも行きたいー！』

「のんきねこの子……ま、そうよね」

それに勇太の不調にも気づいていない様子。

夏のイベント盛りだくさんで、仕事もしている彼女たちは、ほかにもやらないといけないことが多い。だから気づかないのだ。

「勇太……なんか、悩んでる？」

そう……みちるだけは気づけた。ただの幼馴染《おさななじみ》だからこそ、勇太の異常を、誰《だれ》よりも早く察知《さっち》できたのである。

「あいつが理由もなく更新サボるなんて……ありえないわ」

みちるは知っている。勇太はどんなときでも更新をサボったりしない。風邪を引いたときも書いていた。一年生の修学旅行の時でさえ、更新していた（その当時カミマツ＝勇太だとは気づいてなかったけど)。

　彼にとって小説を書くことと、生きることはほぼ同義といえる。そんな彼が休んだ。それは……彼に異常事態が起きてる、ということに他ならない。

「…………」

　勇太に、ラインを送ろうとする。一瞬《いっしゅん》、躊躇《ちゅうちょ》した。だって自分は勇太を一度強く傷つけている。彼の相談に乗る……資格が自分には果たしてあるだろうか。

「……いや、でも。資格とか……関係ないわ」

　勇太は言ってくれた。自分は大切な幼馴染であると。みちるにとっても同じだ。彼は大事な幼馴染。そんな彼が悩んでいるのなら、相談に乗ってあげたい。贖罪《しょくざい》……という意味合いももちろんある。だがそれ以上に、大事な彼が悩んでいる姿を、苦しんでいる姿を……ほっとけなかった。

「明日……勇太んとこ行こ」

◆

　夏休みも後半にさしかかってきたある日、長野から戻ってきた僕は、自分の部屋のベッドに突《つ》っ伏していた。

「………」

どうにも動く気になれなかった。何かする気が起きない。脳裏《のうり》にこびりついてるのは、母さんの実家での出来事。

アリッサから……好きと告白された。もちろん今までも彼女には好きと言われてきた。でも今までは、作家カミマツのことを、クリエイターとして好きだと思われてる、尊敬《そんけい》されている。そういう意味での好きだと思って、流していた。

でも……こないだの、アリッサから受けた好きという告白。それを僕は……重く捉えているところがあった。告られてうれしいと思ってしまった。マジに捉えてると言えばいいのかな。

あの夜……僕も好きだと答えてたら、今頃《いまごろ》どうなってたんだろう。恋仲に……なれてたのかな。でも、あのときすぐにハイって言えなかった。だって……。

ぽこん、とラインの通知が来る。

「こうちゃんからだ……」

どうやら家族で海外旅行に行ってるらしい。銀髪のきれいなお姉さんたちに囲まれて、海をバックに写真を撮っていた。

【陰キャに海はきついぜよ】

「ふふ……こうちゃんインドアだもんね……っと」

ラインを返すと、別の子からラインが来た。

「由梨恵だ……」

【おっはよー！　今日もあっついねー！】

由梨恵は、特に用事がなくてもラインしてくる。今日は何食べたとか、今日は暑いねとか。

そういう些細《ささい》なことを逐一《ちくいち》共有してくる。そこから話題につながって……気づけばラリーが続いている。話していて楽しい。

ぽこん、とまたラインが来た。

「アリッサ……」

音楽イベントで日本全国を回っているらしい。

【あなたに会えないのが、とてもさみしいです】

「…………」

僕もだよ、と一度文字を打って、全部消した。できなかった。こうちゃんと由梨恵のラインが脳裏にこびりついてて……。

「うう……うう～～～～～～～～～～～～～～！」

スマホを手放して足をパタパタさせる。こう……袋小路に入り込んでしまった感がある。

と、そのときだった。

ぴんぽーん……。

「誰だろ……？」

僕はベッドから立ち上がる気力がなかった。母さんが多分いるでしょ……。

ぴんぽんぴんぽーん……。

「……？　母さん、いないのかな」

のそっと起き上がって下の階へと向かう。リビングに人の気配がなかった。父さんは会社だし、詩子《うたこ》は部活。となると……買い物でも行ってるんだろうか？

ぴんぽーん……

「はーい」

誰だろう？　僕は扉を開ける。

「お待たせしました……ってみちる？」

「ど、どーも」

なんだかおしゃれしたみちるが、僕の前に立っていた。ミニスカートに薄手《うすで》のカーディガン、帽子までかぶっている。肩からは鞄《かばん》をぶら下げていた。

「どうしたの？」

「その……あの……なんだ……その……ゆ、勇太！」

びし、と僕に人差し指を向けてくる。

「今暇《ひま》でしょ！」

断定されてしまった。まあ……暇なんですが。

「プール、行くわよ！」

「え？　ぷ、プール……？」

「最近区民プールが新しくなったじゃない？　だから……よかったら、一緒に行きましょ？」

そういえば改装したたって母さんが前に言ってたな。けど……プールか。うーん……。

「ごめん……今ちょっと……」

今はいろいろ考え事してて、どこかへ行く気分ではなかった。

一瞬、みちるがつらそうな顔をする。けれど首を振って、がしっと手を摑《つか》む。

「いいから、いきましょ！」

ずいっと顔をのぞき込んでくる。その目はまっすぐに僕を見る。

「雪《せつ》おばさんから聞いたわよ。朝からずっと部屋にこもってるって」

彼女が心配そうに僕を見てくる。それを見て……僕は、首を縦に振った。みちるのつらい顔、見てられなかった。

「いこっか」

「！　うん！」

かくして僕はみちると区民プールへと向かうことになったのだった。

◆

駅前からバスに乗って、港の方へと向かう。すると大きなゴミ処理場が見えてくる。そこに隣接するように、区民プールが建っている。処理するときの熱を利用してる、とかなんとか。区民プールということで入場料はめちゃくちゃ安かった。僕はみちると入り口で分かれて、男子ロッカールームで着替えて、プールサイドへとやってきた。

「へえ……結構きれいになってるな」

ここへ来るのも中学校以来かも。詩子が部活始める前はよく来ていた。流れるプールに、向こうにはスライダーのようなものも見える。区民プールだからといって、侮れないな。

「お、おま……たせっ！」

「ああ、みち……る……」

……言葉を失う、とはこういうことだろうか。そこにいたのは、白いビキニ姿のみちる。白く健康的な肌。むちっとした太ももと、目の見張るような大きな胸。普段服で隠れている、彼女の美しい体に、僕は思わず見とれてしまう。

みちる……一緒にプール入るのは、小学校以来だ。あのときはあんまり意識してなかった。けどこうして高校生になって、こうして青空の下で、彼女の豊かな胸とか見ると……大人の女性になったんだって、嫌でも思い知らされる。

「ど、どうよ……？」

顔を赤らめながらみちるが聞いてくる。

「ど、どうって……」

どう……答えればいいんだ？　わからない……。するとみちるがそっぽ向いて言う。

「だからその……どうよ？」

向こうも照《て》れてるのか、それ以上何も言ってこなかった。印象を聞いてるのかな。ええと……。

「す、すごい……いい、よ」

なんだそれは！　すごいいいよってなにがだよっ。もうっ。なんでこういうときに、上手に女の子を褒《ほ》められないかなっ。はーあ、白馬《はくば》先生だったら素敵《すてき》な言葉で褒められただろうに……うう……陰キャ高校生の僕には荷が重いよ。

「そ、そう？　ありがとっ」

って、あれ？　みちるがなんだかうれしそうだぞ。僕なんかのくっそ下手な褒め言葉に、ここまで喜んでくれるなんて……。

「これね、勇太にみせるためだけに、買ってきたんだから」

「へ、へえ……」

やばい、結構うれしいかも。僕だけに見せるためにって。

「場所取りしてから入りましょ」

「そ、そうだね……」

みちるがウキウキで歩いてくる。でも……僕は気が気じゃない。

ぷるんぷるん、とボールみたいに……みちるのおっぱいが弾むのだ。彼女の大きな二つの、柔らかい物体が、立体的に動く。その姿をガン見してしまう。

「あの辺あいてるわね。いこっ」

「あ、うん……」

みちるが僕の手を引いて歩いて行く。……なんだか、懐《なつ》かしい気分になった。小さい頃はこうして、彼女に手を引かれていろんなとこ行ったたっけ……。

思い出に浸っている僕をよそに、てきぱきと、みちるが設営をする。レジャーシートを広げて、タオルと日焼け止めを取り出す。

「はい勇太。腕貸して」

「え、なんで……？」

「日焼け止め塗るから。ほら」

た、確かに今日は雲一つない青空が広がっている。何もせずプールに入ったら日に焼けてしまうだろう。

「い、いやいいよ……」

「だめ。あんた肌弱いじゃない。すぐ真《ま》っ赤《か》になっちゃうんだから」

「……よく、ご存じで」

「？　当たり前じゃない。変なの」

有無を言わせずみちるが僕の腕を取って、ぬりぬりと塗ってくれる。

「ひゃ！　ちょ、冷たい……」

「情けない声あげてんじゃないわよ。はい逆側の腕だして」

その後もみちるは僕の全身くまなく日焼け止めを塗ってくれた。とても楽だった。

「うん、おっけ」

「あ、みちる。今度は僕が塗ってあげようか？」

やってもらってばかりじゃ申し訳ないからそう言った。でも彼女は笑って首を振る。

「ありがと。でも大丈夫よ。家で塗ってきたし」

「ず、ずいぶん手際がいいんだね……」

「そう？　普通じゃない？」

なんてこともないように、みちるが言う。そうだ……彼女は母親がいない、父親もほとんど家に居着かない。だから自分のことは自分でやることを、小さい頃から強いられていた。

だから手際がいいんだ、いろいろと。

「そうだった……ごめん」

「？　何謝《あやま》ってるのよ。ほら、いきましょっ」

みちるが笑顔で僕の手を引っ張ってくる。不思議な感覚《かんかく》だ。まるで……昔にタイムスリップしたみたいだ。こうしてよく二人で遊んでいた、あの頃に……。

「そいっ」

みちるが僕の手を引いてジャンプ、流れるプールに飛び込む。

どぼん！　と音を立てて水の中へとダイブ。

「ぷは……！　はぁ……」

じりじりと太陽が顔を焼く一方で、プールの水は僕のほてった体を冷やしていく。

見上げると青い空。輝く太陽……そして、笑顔のみちる。

みちるの、明るい笑顔。それは由梨恵とも、ほかの子とも異なる質のものだった。こう……まぶしいはずなのに、安心するというか。そこにいるとほっとする。そうか……僕は、この子の、この笑顔が好きだったんだって……。そう、思い出していた。

◆

僕らは流れるプールでただよってる。

みちるの持ってきた浮き輪。彼女がお尻《しり》を入れて座っており、僕は端っこを持って浮いている。

「はー……さいこーね！」

「うん。夏はプールだねえ」

「でしょう！」

のんびりとした空気が漂う。カルキの匂《にお》い。遠くで子供たちのはしゃぐ声。迷子のアナウンス。

「なんか……なつぃなぁ」

「どうしたの、おじさんくさいわよ」

「みちると区民プールくるの、本当にすごい久しぶりじゃん？　だから懐かしいなぁって」

小学校の頃は、上松一家とみちるでいろいろ出かけていたな。ここにも当然来たことがある。

「そーね。あのときは流れるプールはなかったけど」

「ね。すごいいろいろ変わっててびっくりしたよ。ウォータースライダーまであるし」

「てゆーか、昔ここでっかいプールと子供プールだけしかなくて、なめてんのかー！　ってなったわよね」

「なったなった。みちるがおっきいプール行きたいってわがまま言ってたよね」

「えー。違うわよ、あんたが言ってたんじゃない」

「いやいや」

ふたりで思い出話をしながらプールに漂う。ああ、なんか楽しい。すごい……楽しいぞ。

昔のことを一緒に思い出しながら、しゃべるって楽しい。

「おじさんみたいな顔してるわよあんた」

「そう？」

「そーよ十七歳。ほら、十七歳らしくはしゃいで」

どんな感じだろう。……ええと。

「え、えーい」

ぱしゃ、と僕はみちるの顔に水をかけてみる。十七歳らしいと言えば、こういう感じ？

「やったわね！ えい！」

ぱしゃ、みちるが水をかけかえしてくる。ふふ……なんか昔みたいだ。

「えいえい！」

「きゃっ、もー！ 顔にかかったじゃないのっ。そりゃ！」

ふたりでそうやって水をかけ合っていると……。

『あー、そこのカップル。そう、君たち？』

拡声器を通した声がそこら辺に響く。なんだろうと思って周りを見渡すと、監視台に乗ってるお姉さんが、あきれた顔で僕らを見ている。

『デートではしゃぎたい気持ちはわかるけど、周りの人たちに迷惑かけないよーにね、若いカップルさんたち』

「「か、カップルって……！」」

僕らは水をかけ合うのをやめて、顔を見合わす。

「か、カップルって……」「ね、ねえ？」

かぁ……と僕らの顔が赤くなる。

『どー見てもカップルです本当にありがとうございました』

「「ち、ちがいますっ！」」

みちるが強くそう主張したそのときだ。

「きゃっ！」

ざばん！　とみちるが浮き輪から落ちる。

「みちるっ！」

僕は慌てて彼女に近づく。みちるは僕の体にぎゅっとしがみついてきた。

「げほごほ……ふぅ……ごめん、ゆう……た……あ」

水着姿のみちるがすぐそこにいる。薄い、水着一枚の向こうには彼女の大きく成長したおっぱいがあった。僕の胸板《むないた》に押しつぶされて、ぐにゅっと変形した乳房《ちぶさ》と、深い谷間に思わず目がいく。おっきい……こんなにおっきくなってたんだ。……ふしぎだ……。ついさっきまで、昔の思い出を共有していた相手と、今日の前で美しく成長した彼女が、同じ人物だなんて。

「な、なによ……じっとみちゃって……」

「あ、ご、ごめん……！ つい……」

僕が彼女を離そうとする。でも……彼女が僕を手放してくれない。僕も……彼女の暖かい肌から、離れることができなかった。冷たいプールの中で、彼女のぬくもりを求める自分がいる。

『あー、だからそこのカップル。いちゃつかないよーに。周りのめーわくでしょ』

監視台のお姉さんがあきれたように言う。僕らは恥《は》ずかしくなって、抱擁を解いたのだった。

◆

流れるプールを出た僕らは、ウォータースライダーを何回か滑った後、昼食を取ることにした。

「おまたせー」

レジャーシートに座っていると、みちるが飲み物を買ってきてくれた。

「何から何まで、悪いね」

「別に気にすることないわよ。あんた毎日執筆《しっぴつ》で疲れてるんだし」

「あ、まあ……」

最近は執筆以外のことで忙しかったり悩んだりしてるので、若干気まずい……。

みちるが飲み物を置いて座ると、持参していたクーラーボックスからお弁当箱を取り出す。

「はいお昼。サンドイッチだけど」

「え？　わ！　うまそう！」

お弁当箱の中にはきれいに切りそろえられたサンドイッチが入っていた。

ポテトにツナに卵！

どれも僕が大好きなやつ！

「食べましょ」

「うん！　いただきます！」

みちるの手料理は……うまい！　前にカレーを食べたけど、ほんとおいしい！

がつがつ……げほげほ。

「ちょっとがっつきすぎだっつの。ほらお茶」

みちるからお茶を手渡される。一口飲んでほっと息をつく。

「ふぅ～……」

冷たくなった肌が夏の太陽に照らされて、少しずつ温められる。太陽が肌を焼くこの感覚さえ気持ちがいい。おなかも満たされて……なんだか、とっても気持ちがいい……。

……。

………。

…………あれ？

「わ！　やば……僕寝てた？」

体を起こすと、顔にかかっていたタオルが落ちる。

「あら起きたの？」

「う、うん……ごめん。一緒に遊びに来てるのに、寝ちゃって」

するとみちるが、なんてことないように笑う。

「気にしてんじゃないわよ、そんなことでいちいち」

ほんとに気にしてないのか、みちるが笑って答える。いや……でも、普通こう、男女が遊びに来て、片方が寝たら……女の子って怒るものじゃない？

でも……彼女は、本当に普通に笑っていた。僕が……幼馴染だからだろうか。そうだよ……そういうことだろう。

「…………はぁ」

僕はまた横になる。太陽が少し傾いてる。一回寝たことで、なんだか頭がすっきりした気がした。

「悩みは……晴れた？」

「えっ⁉」

僕は勢いよく体を起こす。みちるは横目で僕を見ている。悩みを抱えてるって、どうして

わかったのだろうか⁉

「バレバレよ。あんた昔から、わっかりやすいんだら」

「そ、そうかな……」

「そーよ。でもちょっとは気が紛れたみたいね」

微苦笑するみちる。……って、あれ？　もしかして……。

「みちる……僕が、なんか悩んでるから、誘ってくれたの？　プールに……？」

いや、そうだ。そうじゃなきゃ、誘う動機がない。

「か、勘違《かん》いしないでよ。別にあんたのためじゃないしぃ？　アタシが単に、プールいきたかっただけだし！」

「…………」

顔を真っ赤にして否定してる。でも……やっぱりそうだ。僕を元気づけるために連れてきてくれたんだ。

「ありがとぉ……」

なんか……忘れてたことを、思い出した気がする。そうだよ、みちるは……昔から結構優しい子だったじゃないか。引っ込み思案な僕の手を引いて、いろんなとこへつれてってくれた。僕がいじめられていると助けてくれた。そう……昔は、今よりもっと……近くに彼女がいたんだ。

「どーいたしまして」

彼女を好きになった自分を、僕は思い出した気がする。

でも……でも、だからこそ……つらかった。

みちるの笑顔だけを、見つめていられない。どうしても……脳裏には、アリッサの涙《なみだ》や、こうちゃんとのキス、そして……由梨恵の笑顔が、思い浮かんでしまうのだから。

◆

プールを出た僕らは帰路についた。すっかり日も暮れていた。

みちるはウキウキした顔になっていた。楽しかったのだろう。

一方で僕は、確かにちょっと気が晴れたけど、さらなる悩みを抱えることになっていた。

「あらぁ? ゆーちゃんと、みーちゃんじゃないの」

「雪さん?」

それぞれの家に帰ろうとすると、ちょうど、買い物帰りの母さんとバッティング。

「あら、あらあら♡ 昔みたいに仲良しさんねぇ♡」

すぐさま僕らが出かけてたことを察したのだろう。みちるがはにかむ一方で、僕はちょっと、いやかなり……申し訳なかった。

「みーちゃんよかったら、お夕飯食べて行きなさいな」

ということで、みちるが上松家へとやってきた。

僕と、みちる、そして母さんの三人でソーメンを食べてると……。

「たっだいまー！」

妹の詩子が部活から帰ってきた。すっかり肌が真っ黒に日焼けしている。

「ありゃりゃ？　みちるちゃんじゃん。ひとり？　珍《めずら》しいね」

「どーも。ご相伴にあずかってるわ」

「おかえり詩子。お夕飯のソーメン、今ゆでますからね～」

母さんが立ち上がって妹に言う。すると詩子が首を振る。

「あ、だいじょーぶ！　今から友達とお祭り行くから！」

「「お祭り？」」

「近所の神社でお祭りやっててさー。部活の友達といっしょに出店まわろーってことになったの！」

そうか、今は八月下旬。

夏祭りの時期だったね。

「あらあら。お友達を待たさないよう、早くいってらっしゃいな」

母さんがエプロンから財布を取り出し、詩子にお金を渡す。

出店を回ると言うことで、お小遣《こづか》いを渡したのだろう。

「「お祭りかぁ……」」

僕とみちるの声が、かぶる。夏休みだし、久しぶりだし……興味はあった。

「あらいいじゃない〜♡　ふたりでいってきなさいな」

母さんが笑顔で言う。

「え……ふ、ふたり……」

確かにみちると二人、お祭りに行くのは楽しそうだ。プールの時に覚《おぼ》えた、あの懐かしい、楽しい時間をまた思い出すことができる……気がする。

でも……どうにも気まずい。……と思ってるのは僕だけのようで。

「しょ、しょうがないわね！　い、いきましょっ」

「え、あ……うん」

僕はみちるの勢いに押されて、うなずいてしまう。しまった……でも、もううなずいちゃったし、断れない。そりゃ、いきたいよ。楽しそうだし。でも……今は……って思うだけ。

やっぱり、ノーって言おうかな……と思ったそのとき。

「巨乳幼馴染と夏祭りデートだとぉお！」

汗びっしょりとかいた父さんが帰ってきた。

「あらお帰りなさい」

「ただいまっ。おいおい勇太ぁ……！　おまえ……そんな……うらやましすぎるだろぉおおおおおおおおおおおおお！」

父さんが僕に近づいて、肩を摑んで揺する。

「ずるいずるぅい！　ぼくも巨乳美少女と、十七の夏に一緒にお祭り行きたかったたぁ！　浴衣《ゆかた》からのぞく美少女のうなじにどきっとかするんだろぉおお⁉」

父さんがなんか変なこと言ってるしっ……！

「あなた、大事なゆうちゃんの幼馴染に……手を出そうっていうんじゃないでしょうね？」

母さんがニコニコしながら言う。

だがどことなく冷気を放っている……！

「も、もちろんだとも……！　冗談《じょうだん》だってば冗談……あはは！」

「そう……ならあなたのベッドの下にある女子高生もののエロ本は捨てていいですよね♡」

「いやぁあああああ！　やめてぇえええええ！」

……そんな父さん達のやりとりを横目に、みちるが笑顔で僕を見やる。

「お祭り……楽しみね！」

そんな彼女のキラキラした目を見ていたら、ノーと言えず、結局僕らはお祭りに二人きりでいくことになったのだった。

◆

僕はリビングでみちるを待つ。お祭りに行くと言ったら、母さんが着物の着付けをすることにしたらしい。少し待っていると、隣《となり》の和室から、着物姿のみちるが出てきた。

「…………」

薄桃色の浴衣。アップにされた髪の毛。普段彼女が見せない姿に……僕はドキッとしてしまう。

「きれいだ……」

理性を飛び越えて、思わず、言葉が口をついた。そう……きれいなのだ。清楚《せいそ》な感じがする。水着姿とはまた別のベクトルで、大桑《おおくわ》みちるという女の子の美しさを際立たせている。

「べ、別に褒めてもなにもでないわよ……その、あんがと」

照れながらみちるが、うつむいてはにかんでいる。……たまらなく、その姿に心引かれそうになる。でも……それ以上は胸に痛んだ。

「どう、ゆーちゃん。みーちゃん、美人でしょ～♡」

母さんが和室から出てくる。

ちなみに母さんも浴衣に着替えていた。黒い大人な浴衣だ。

「え、あ、うん、とっても似合ってるよ。けど……浴衣なんてこんなに家にあったの？」

「詩子の浴衣があったから、それを仕立て直したのよ～」

なるほど……。

「おっほー！　みちるちゃーん！　すんげえ似合ってるよー！」

父さんが地面に転がりながら言う。

さっき浴衣を着るってなったとき、母さんが邪魔《じゃま》しないようにって、父さんをロープで簀《す》巻《ま》きにしていたのだ。

「あらあら、あなたってば……そんなに若いこの浴衣がお好きなんですか？」

母さんが笑顔のまま……しかし冷気を発しながら言う。

「ん？　何を言ってるんだい。みんなって言ったろ？　君も凄《すご》い似合ってるさ」

「……………………」

「やっぱり母さんは昔から美人だからなぁ……」

「…………………や、めて」

「ん？　どうしたんだい母さん？」

母さんは無言で部屋から出て行った。

「ぼくなにかしちゃったかなー？」

父さんが首をかしげる。

「上松家の男って、そーゆーとこあるわよね……」

あきれたようにため息をつくみちる。

「「え、どういうとこ?」」

「もういいわよ、天然親子……はぁ」

天然だろうか、僕って……? ううん……。

悩んでる僕をよそに、父さんが僕らに笑顔で言う。

「気をつけて行ってくるんだよ。あそこのお祭りってこの辺の人みんなくるし、混むからね」

「うん、わかったよ父さん」

僕はふと、思ったことを口にする。

「ね、父さんもお祭りいかないの?」

「えー、ぼく疲れちったよ～。おうちでゴロゴロしたーい」

「父さんといっしょに行きたがってるんじゃない? ほら、自分も浴衣に着替えてたし」

そうでなきゃ、自分も着付けしないかなーって思った。

「あーなるほどねぇ。そうだね、久しぶりに母さんを誘ってデートしようかな」

「それがいいよ。鍵《かぎ》もって家出るから、ふたりで楽しんできて」

「ん、おっけー勇太。じゃ、みんな、気をつけるんだよぉ」

「いってきまーす!」

僕らは連れだって玄関の外に出る。

時刻は十八時。

まだまだ外は明るく、そして蒸し暑い。

『かあさーん。お祭りいこうよう ー』

『…………………………はい』

『あれ、素直？ わははどうしたんだい顔真っ赤にして！ もしかして照れてるのー？』

『…………………………はい』

ドアの向こうで父さんたちの会話がぼんやり聞こえた気がした。

うちはいつでも仲良しなのである。

「それじゃ……いきましょうか」

す、とみちるが僕に手を差し伸べてくる。散々、僕を悩ませている、由梨恵たちの笑顔が脳裏をよぎる。でも……僕は、みちるの手を取る。

ごめん。でも……みちるもまた、由梨恵たちと同じくらい……そばにいたい子なんだ。

◆

自宅から歩いて二十分くらいすると、神社が見えてくる。だけど……。

「すっごい人ね、相変わらず」

辺りが薄暗くなっており、蒸し暑い空気の中、たくさんの人たちがぞろぞろと歩いている。

近所に住んでいる僕らからすれば、この混雑は予想通りであった。

「…………」

結局手をつないでしまっている。混雑だから、つないでるというのも、もちろんあった。

でも僕はこの手を離したくなかった。

「どうしたの？」

「あ、ううん……なんでもない」

またみちるに気を遣わせるわけにはいかず、僕は笑って言う。

けれどみちるの表情は晴れず、はぁ……と息をついていた。

「ほんっと……わかりやすいんだから」

「え？　な、なに？」

「なんでもないわよ。ほら、いきましょ」

そんなふうに僕らは歩きながら、お祭り会場へとやってきた。

「うへえ……すごい人混み……」

足の踏み場のないレベルで混雑していた。

まあちょうど混む時間帯だからってのも影響してるかも知れない。

「まずはお参りからかしらね」

みちるが僕の手を引いて前を歩いている。……この姿を、もし由梨恵やアリッサたちが見てしまったら、という考えが、どうしても脳裏をよぎって離れない。

きょろきょろ、と周りを見てしまう。もちろんここには由梨恵たちはいない。彼女たちは彼女たちの仕事がある。こうちゃんは旅行中だし、この場にいるわけがない。

でも……僕は、みちると手をつないでるこの姿を誰かに見られたくなかった。

◆

「勇太。何食べるー？」

お参りを終えた後、みちるがご機嫌な調子で僕に聞いてくる。

夜の闇《やみ》のなか、出店のわずかな光に照らされた彼女の笑顔は、普段の何倍ましできれいに見えた。

僕はそんな笑顔にドキドキしながら答える。

「た、食べるって……みちる、夕飯たべたじゃん？」

「お腹空《なかす》くでしょう？　ね！　この匂いを嗅《か》いでたらさ！」

確かに周囲にはソースの焼ける匂いが充満している。嗅いでるだけで、なんだか妙に腹が減ってきた。

「そうだね。お祭りってどうして食欲わくんだろう」

じゅうじゅう、と鉄板の上でお肉や焼きそばが焼かれている。

どうやら彼女もお腹空いてるみたい。

「でしょ！　じゃあまずたこ焼き！」

みちるとともにたこ焼きの屋台へ行き、店の人にお金を払う。

人の少ない場所まで移動して、僕らはたこ焼きをつつく。

「うっま！　やっぱりあそこのたこ焼きは最高ねえ！」

ほふほふしながらみちるがたこ焼きを食べる。

実においしそうに、目を細めながら食べている。

僕は見てるだけで幸せな気分になれた。彼女が笑ってる。それだけなのに、とても……特別に見えてくる。

「あんたも食べなさいよ」

「え、あ……うん……いや……僕は……ふぎゅ！」

熱々のやつを、みちるが僕の口に突っ込んできた。あちあち！

「あふはふ……！」

「どう？」

「お、おひい……です」

「よし」

ふんす、とみちるが鼻息をついて、あきれたように言う。

「あんた……まーた考え事してるわね？」

じろっとにらんでくるみちる。どうやら……ほんとにバレバレのようだ。

プールの時もそうだったけど、彼女は本当に僕のことを、よく見てくれている。ここでごまかしても、彼女からすればお見通しだろう。

「……お見それしました」

「ふん。ま、いいけどさ。今は……ほら。楽しみましょうよ。せっかくの夏祭りなんだし！」

無垢《むく》なる笑みに、罪悪感を覚える。でも……人って不思議なもので、楽な方へと流れていこうとする。そう……そうだよ。いまはせっかくの、夏祭りじゃないか。

「そうだね！　楽しまないと！」

面倒なことは……後回しにしよう。彼女と楽しく夏祭りを過ごそうじゃないか！

……もちろん、逃げであることには、何も変わらないけれども。

たこ焼きを食べた僕らは移動して、出店を見て回ることにする。

「あ！　ちょっと邪魔すんじゃないわよ！」

次に僕らがやってきたのは、金魚すくいのテント。

みちると並んで、金魚をポイで掬《すく》っている。

「邪魔してないよ。たまたま同じの狙ってただけ」

「くっ！　そのデメキンは渡さないわよ！」

「僕だって！」

虎視眈々《こしたんたん》と狙われてるというのに、目当てのデメキンは水槽の中を優雅《ゆうが》に泳いでいる。

今から君を狩るのはこの僕だ！

「せい！」

ぱしゃっ！

「く……逃げられた」

「小説以外はてんでだめね勇太」

にやにやと、勝ち誇った笑みを浮かべるみちる。

「でめちゃんはもらったわ！」

ぱしゃっ！

「…………」

僕らのポイに穴が開く。デメキンは僕らをあざ笑うかのように、目の前で回遊していた。

「お二人さん、どうする？」

金魚屋のおじさんが問うてくる。どうするかだって？

「「もーいっかい！」」

結局合計で一〇枚のポイに穴を開けても、デメキンを獲得することはできなかった。

「金魚すくいむっずいわ……」

「だね……」

敗北者である僕らは並んで歩く。でも……悔《くや》しさはあるけど、それ以上に楽しかった。

「ま、落ち込んでてもしょーがなし！　次あれやるわよ、射的！」

次の出店を指さす。壇上にはおもちゃが置いてあって、それを銃で撃ち落とす感じ。

一人ずつしかできないらしいので、僕はみちるのプレイを後ろから眺める。

「もう！　この！　あたれぇ！」

ぱんぱん、と乾いた発砲音がする。けれどコルクの弾は明後日《あさって》の方向へと飛んでいくばかり。

「み、みちる……もっと慎重に……」

「うっさい！　このっ、このっ、どうして当たらないのよー！」

何度も撃ってるけどみちるの弾はそれていく。

「駄目だよみちる。もっと狙って撃たないと」

僕はみちるの背後に回って、後ろから彼女の手を握《にぎ》る。

「ひゃっ♡　ゆ、勇太ぁ……♡」

「大丈夫、僕が支えてるから。ほら……撃って」

「う、うん……ひゃっ♡　耳に吐息が……ひうっ……ぁん♡」

みちるが色っぽい声を出す。あ、甘い香りとその潤《うる》んだ瞳《ひとみ》に……僕はどうにかなりそうになる。

て、てゅーかなんだこの格好《かっこう》！　後ろからこんな……。

「カップルさんよ、早く撃ってくれないかい？」

にやにやと店のおっちゃんが僕らを見て言う。

「「か、カップルちゃいます！」」

「いきぴったりじゃんかー」

うう、た、確かに……。

「ゆ、勇太……早く……やりましょ」

そんな！　潤んだ瞳で、こんな体勢で、言わないでくださいみちるぅ！

いや……うん。そうだ、これはやましいことじゃあないんだ。そうだそうだ。

「よ、よし……慎重に狙って……」

僕が後ろからみちるを支える。

銃口が、壇上のおもちゃにぴたりと合う。

僕が今だと思ったタイミングでみちるも引き金を引いた。

ぱん、と乾いた音とともにコルクの銃弾が発射される。それは置いてあったおもちゃに見事当たって、棚の後ろへと落とした。

「やったわ！」「うん！」

すごい、達成感と充実感が胸に広がる。一緒に何かするのは……楽しいなぁ。

「勇太のおかげね」

「いやみちるが頑張《がんば》ったからだよ」

「なによ、あんたの支えがなかったら落とせなかったんだから、あんたが喜びなさいよ」

「いやいやみちるが撃ったから」

そんなふうに言い合いしていると……。

「あー、あんたらほら、この景品あげるからさ。早くどいてくんない？」

おじさんが苦笑しながら僕らに景品を渡す。……端から見たら、台の上にみちるを組み敷いて、いちゃいちゃしてるように見える……！

「「………」」

僕らは無言でどいて、景品を受け取ると、そそくさとその場を後にする。

そんなふうに僕らは仲良くお祭りを楽しむのだった。

◆

大桑みちるは、勇太と一緒にお祭りに来ている。一通り見て回ったときのこと。

「やば……はぐれちゃった、勇太と」

みちるは一人、ため息交じりに言う。先ほど、トイレに行きたいという勇太と一緒に、神社の端っこにある公衆トイレまでやってきた。

トイレを待ってる間に、迷子の小さな子どもを見つけた。

みちるは一人、迷子センターまで送り届けてきたのだ。

すぐに戻れば大丈夫と思ったのだが……公衆トイレには勇太の姿は見えず。

携帯に一応連絡は入れたもの、電話もラインも通じない。

「先に帰るのが……ベストかしらね」

勇太ともっと一緒にいたい気持ちはもちろんある。でも連絡がつかない以上、無駄に探して回るよりは、家に戻った方がいい。

「………」

けれど、みちるはその場にとどまった。しゃがみ込み……彼を待つ。

「我ながら……馬鹿《ばか》みたい……」

彼女は、勇太に迎えに来てほしかったのだ。わがままだと思われるかもしれない。でも……

勇太に自分を求めてほしかった。

彼を待ちながら、昔を思い出す。幼い頃、いっしょに出店を回った。

あの頃は勇太がそばに居ることが当然だと思っていた。

そばに居すぎて、気づけなかったのだ。

自分の彼への想いに。それが、告白を手ひどく断ったという失敗へと繋《つな》がる羽目となる。

「…………」

ぱしゃぱしゃ、と自分の手に持っていた、さっき射的でとった景品を見やる。デジマスのトランプだ。一〇〇均で売っていそうな、チープな物。でも……みちるはぎゅっと胸の前で握りしめる。

うれしかった。昔みたいに勇太と一緒に遊んで、楽しい時間を共有できたことが。また……前みたいな関係に、一時とはいえ戻れたことが。

「……勇太」

彼が今日何かずっと考えていたのには、気づいていた。でも何を考えていたのかまでは、正確にはわからない。でも当てがないわけじゃない。

「あいつら……よね」

彼の周りにいる、女子たちだろう。由梨恵、アリッサ、こう。この夏休み、彼は女たちと楽しい時間を過ごしていた。多分、いやきっと、彼の中で芽生えているのだろう。恋心というやつが。

自分は……その候補の中に上がってくれているのだろうか。

不安になる。でも一歩も二歩も、彼女たちから遅《おく》れてるだろうことは明白だ。

「はぁ……なんで、馬鹿なことしちゃったんだろ」

何度も、何度も後悔《こうかい》している。勇太が自分に告白してきたとき、素直にうなずいていればよかった。今日、確信を得た。勇太のことが……好きなんだ。

昔のように遊んで、笑って、彼女は勇太への思慕の情を強めた。一緒にいて一番楽しいのは勇太だ。ずっとそばにいたから、居続けたから……忘れていたけど。

「好き……勇太……好き……」

つぶやくたびに勇太への思いがあふれる。大好き。だから……勇太にもまた、自分を好きになってほしい。プールに誘ったのも、お祭りにきたのも、彼に元気になってほしいからというのはもちろん、少しでも女として見てほしかったからだ。

自分を……求めて、ほしかったからだ。

「……だめね。ほんと、ついてない」

だがいくら待っても勇太は現《あらわ》れなかった。それはそうだ。この神社は結構広い。この中で自分たちが会える確率は、なんて低いことだろうか。

「しょうがないわ……とりあえず、ラインいれといて……っと」

トイレの前にいたけど、待っててもこなかったから、先に帰る。

そう打って送信。はぁ……とみちるがため息交じりに歩き出す。

勇太が偶然自分を見つけて、再開を果たす。そういうストーリーを期待したのだが……。

「運命の神様に……きらわれちゃったのかしら、アタシ……」

と、ぼんやり歩いていた、そのときだ。

ドンッ、と誰かが肩をど突いてきたのだ。

「おいおいおいおい！　どうしてくれんのー？」

強面《こわもて》の男二人組が、みちるを見下ろす。

男はかき氷をもっていた。

みちるがぶつかったことで、服に氷が付着し、シロップで汚れてしまっていた。

「これ高いシャツなんだけどよぉ？　なぁどうしてくれんの？」

「あ……ぁ……」

気の強いみちるだったが、こういう手合いの男は……苦手だった。

というより、軽いトラウマになっていた。

彼女が思い出すのは、夏休み前の体育館倉庫。

中津川《なかつがわ》に強姦《ごうかん》されかけた時のこと。

あの日以来、みちるは強面の男に向けられる悪意に、萎縮《いしゅく》するようになってしまったのだ。

「弁償してくれよぉ。なぁ、べんしょー？」

「もちろん、その爆乳ボディで払ってくれてもいいんだぜぇ？　げひゃひゃ！」

下卑た笑いを浮かべる二人。

こいつらがわざとぶつかったことは明らかだ。

だが……それに気づけぬほど、みちるは怯《おび》えていた。

中津川と二人が重なる。

恐怖心が頭をもたげ、体が恐怖で動けなくなる。

助けも……呼べない。

怖くて、怖くて……震えることしかできない。

「とりまラブホ近くにあるから、そこいこっか。ドライヤーも風呂《ふろ》もあるしぃ」

無遠慮に肩を摑《つか》まれる。

ぐいっ、とまったくこちらを気にせず、ふたりはラブホテルへと連れ込もうとする……。

いや、助けて……勇太！

声なき声を心の中で上げた、そのときだ。

「おーーーまわりさーーーーーーーーーーーーーーーん！」

男の子の声が夜の空に響く。

「こっちでーーーーーーす！　女の子が、襲われそうになってまーーーーーーーーーーーーーす！」

「「なっ⁉」」

不良たちが動揺する。誰かが警察を呼んだのだ。

「くそ！　どうする⁉」「どうするもなにも……」

彼らが迷っているそのすきに、誰かが走って近づいてきた。

「こっち！」

みちるの手を引いて、走り出す。前を走るその背中に……見覚えがあった。

「……ゆう、たぁ……」

上松勇太が汗をかきながら、みちるを連れて全速力で駆《か》け出す。

おそらく彼が警察を呼んだ……のだろう。

……みちるは泣きそうになる。

どうして彼は、いつも自分が困っているとき、助けてくれるのだろう。

中津川に強姦されそうになったときも、誰よりも彼が早く駆けつけてくれた。

彼は子どもの頃からそうだ。

……ああ、思い出した。

昔もここで迷子になったときがあった。

そのとき、彼が見つけてくれて、こうやって笑って、手を引いて帰った……。

やがて、彼が足を止める。

出店の少ない場所へと移動していた。

「良かったすぐに見つかって。ごめんね、ひとりにしちゃって」

「…………」

「みちる……？」

彼女は無言で、幼馴染の彼に抱きつく。

ぎゅっ、と強く……強く抱きしめる。

「どうしたの？」

「…………」

好き、と心の中でつぶやく。口にする勇気はなかった。

彼にはまだ、自分の存在を刻み込んでいない。ここで告っても振られるだけ。

だから、彼女は言葉を飲み込んで、こう言う。

「ごめんね、勇太……」

口から出たのは、そんな謝罪の言葉であった。

けれど勇太は笑って首を振る。

「気にしないで。幼馴染を助けるのも、幼馴染の務めってヤツさ」

ああ……だめだ。もう……ほんと、大好きだ。彼が好きで、好きで、たまらない。

「え？」

みちるは不意を突いて、勇太の頬《ほお》にキスをする。

ぽかんとしてる彼に、みちるは微笑《ほほえ》みながら告げる。

「ありがとう、勇太。大好きよ。今までもこれからも、ずっと」

◆

みちるを家まで送り届けた僕は、ふらふらとした足取りで、自宅へと戻ってきた。

「あ、お兄ちゃんおかえりー……お兄ちゃん……？」

僕はまっすぐに自分の部屋を目指す。

「ゆーちゃんスイカ切ったから食べる……ゆーちゃん？」

二階に上がって、自分の部屋のドアを開ける。

「勇太ぁ佐久平《さくだいら》くんからメールきてない？　返事がないから心配して……勇太？」

ドアを閉めて、ベッドにダイブ。そのまま……深々と息をついた。

「………」

たいへんなことになった。みちるからのキス……。

ほんとなら、うれしいはずだ。

僕は今日……プールに行って、お祭りに行って、みちるへの思いを再燃させた。

彼女が……好きだったんだと、また気づいてしまった。だから彼女からキスされて、本当なら……すっごいうれしいはずなのに。

「うう……うう～～～～～～～～～～！」

みちると、デートする前と変わらない……いや、それ以上に、僕の頭の中には、もやもやとした思いが渦巻いてしまっていた。……この悩みの正体は、わかっている。

「由梨恵……アリッサ……こうちゃん……みちる……」

『ありがとう、勇太。大好きよ。今までもこれからも、ずっと』

みちると一緒にプールやお祭りに行った。それは僕らにとってはいつも通りの日常。でもそのいつも通りの、何気ないやりとりが、とても心地よかった。

カップアイスのように、特別なおいしさはないけど、いつもそばにいても飽きない魅力。

『大丈夫！　なんとかなーる！　暗い顔禁止だよ！　めっ！』

由梨恵とは忙しくて、あまり夏休み一緒に遊べなかった。でも彼女は、僕が迷ったり考えすぎたりしてると、笑顔で、悩みを吹き飛ばしてくれる。

スイカのアイスバーのように、ずっとそこにいなくても、落ち込んでいるときに元気と爽快感《そうかいかん》をくれる。

『……好きです。大好き……です♡　これからも……ずっとずっと、永遠に愛してます』

アリッサとは一緒に実家に帰った。彼女の抱えている問題、そして彼女の僕に向ける愛は、とてもヘヴィなものだった。

でもチョコのコーティングされたアイスのように、そのむせ返るほどの濃密な愛は、一度はまったら癖《くせ》になってしまう。

『……毎日、楽しい。かみにーさまに出会ってから……毎日すっごく！』

こうちゃんとは夏コミに行った。彼女は自由奔放で、いつだってトラブルを運んでくるけれど、弱さもあって、守ってあげなくちゃって思った。

ソーダのアイスキャンディみたいに、刺激的な時間を僕にくれる。

「みちる……由梨恵……アリッサ……こうちゃん……」

みんな、それぞれいいところがある。一緒にいるとき、それぞれ異なった感情を僕にくれる。みんな、好きだ。でも……でも……。

「ここは……現実だ……」

僕がよく書くファンタジーの世界とは違って、ここでは、たくさんの女の子と結ばれ、幸せになることが許されていない。

一人の男には一人の女の子。そんなの、わかっていた、はずなのに……。

「う、ううう……」

僕の頭の中には四人の女の子と、そして彼女たちと過ごした楽しい時間がものすごい勢いでぐるぐると回ってる。

誰かを選ぶ？　そんなの……。

「う、うぁわあああああああああああ！」

僕は飛び上がって、部屋を出る。

ドタバタと階段を降《お》りていく。
「あらどうしたの？」
玄関で驚いた顔をしている母さんを無視して、僕は自転車にまたがる。
夜の街を、自転車をこぎながら爆走した。
僕は走った。走っていれば、その間何も考えずに済むから。
でもだめだ。自転車をこいで、こいで、こいでも……。
全然頭の中から、みちるたちのことが離れてくれない。
『おにーちゃんって昔からそーゆーとこあるよね』
『そーゆーとこって？』
『優柔不断《ゆうじゅうふだん》っていうの？　いくつも選択肢があって、一つを選ぶやつ』
詩子の、言う通りだ。
「選べるわけ、ないだろぉおおおおおおおおおおおおおおおおおおお！」
……やがて僕は、倒れていた。県境に流れる川の土手で、大の字になっている。
「ぜえ……はあ……なに、やってるんだよ……僕……」
走ってる間も結局は、彼女たちのことばかり考えていた。
そして……逃げられなかった。目の前の現実から。
アイスを選ぶのとは、訳が違う。

好きな子を選ぶ。それは一生に関わる大きな決断だ。

だって、誰か一人を選んだら、残り三人を捨てることになる。

「いやだ……そんなの……やだ……」

みちるも由梨恵もアリッサも、こうちゃんも。

みんなみんな、いいところがあって、それぞれ魅力があって……みんな好きなんだから。

でも現実は全部を取るということを許してはくれない。

その願望は叶《かな》わない。僕の願いは届かない。

この現実の世界では、僕は……ほかの人たちと同じ。

「何が、神作家だよ……僕は……恋愛に関しては、ただの高校生だ」

自転車で爆走しても、世界のルールは変わらない。現実からは逃げられない。

大昔から、たくさんの男たちが悩んできた壁に、僕はぶち当たってる。

人生をともにする、たった一人の女性を、僕は……選ばなければならない。

底なし沼の中でもがいているような気分になる。

自分のこのイライラというか、やるせなさというか……。

言葉に、形にできそうで……できない。この思いを……どうすれば……解消できるんだろう。

……結局僕はその日も、デジマスを更新することができなかったのだった。

◆

お祭りの翌朝。

「ゆーちゃーん、芽依《めい》さんよー」

「…………」

結局、昨日は一睡もできなかった。ふらふらと立ち上がって一階に降りる。

僕の担当編集、佐久平芽依さんがそこにいた。

朝から暑いというのに、半袖シャツにタイトスカートというカッチリとした格好だ。

「やっ、先生おはよう！ 今日も暑いね～」

芽依さんは汗をかいていた。

ふわりと甘い大人の匂いが鼻腔《びこう》をくすぐりどきどきする。

「ざます……」

「わ……先生どうしたの？ 寝不足？」

「ふぁい……」

芽依さんが不思議そうに首をかしげる。

「昨日メール返ってこなかったし、何かあった？」

「え!? な、なにかって……なにですか!?」

まさか僕のいろいろなあれこれを芽依さんが気づいてしまったのか⁉

「お、落ち着いて先生」

「そーよゆーちゃん。さ、芽依さん。上がって♡　外暑かったでしょ～♡」

「ありがとうございます！　おじゃまします！」

芽依の後ろをぼんやりしながらついて行く。

リビングへと移動。

ごきゅごきゅっ、とすごい勢いで芽依さんが麦茶を飲み干す。

「ありがとうございます！　おいしかったですー！」

母さんは僕と芽依さんを二人きりにする。

なんか寝不足で目がしぱしぱする……寝たい……。

「あの……今日はどうしたんですか？」

「メールの返事がなかったし、あと……デジマスが二日も更新されてなかったから。何かあったかなーっと思って、様子見」

芽依さんが不安そうに僕を見て言う。

「大丈夫、先生？」

「……だいじょばないです」

「ふぅむ……確かに。目の下にすごい隈《くま》……そうとうなお悩みと見受けるわ。どれ……！

お姉さんに話してご覧なさい！」

どん、と芽依さんが自分の胸を叩《たた》く。

「話すって……言われましても……何からどう言えば……」

うまく自分の中のモヤモヤを形にできない。

「そうね……じゃあまずは他愛ない世間話からしましょっか。先生、今夏休みだけど、満喫してる？」

「あ、それはもちろん」

僕は軽く、この夏にあったことを話す。

こうちゃんと一緒に同人誌作ったり、デートしたりした。

アリッサと、実家に帰って、そこで一緒にデートし……キスをした。

みちるとプール、お祭りデートした……。

「せ、先生すごいわね……デート三昧《ざんまい》じゃない……めっちゃ満喫してるわね」

「はい……それはもう。とても楽しかったです」

「楽しいのに……何を悩んでるの？」

「それは……その、なんて言うんでしょう。交流を重《かさ》ねて、女の子と仲良くなるたびに、胸が……痛くなるんです。集中できないってゆーか……ほかのこの姿が、頭をよぎるんです」

由梨恵、アリッサ、こうちゃん、みちる。それぞれ別のことをしたり、話をしたりしてるとき、別の女の子のことを気にかけてしまっている。

「極めつけは……一番好きだったはずの子に、キスされたのに……うれしくなくなってて……僕……おかしくなってるんでしょうか……」

芽依さんは最後まで話を黙って聞いてくれた。

「なるほど……オッケー。事情はわかったわ。極めて特殊な事例だけど……君を悩ませてること……わかった」

「ほ、ほんとですか！　な、なんなんですか？」

「その前に！　大前提として……最初に聞いておきたいんだけど」

芽依さんが僕の目を見て、真剣な表情で……言う。

「で、結局だれが、本命なの？」

エピローグ　じゃあ、全員と付き合っちゃえばいいじゃん！

「あ、勇太《ゆうた》君！　起きた？」

……気づくと目の前に、由梨恵《ゆりえ》がいた。

「うぉ！　ど、どうして……由梨恵……？」

僕は状況《じょうきょう》を把握《はあく》しようとする。まず、ここは僕んちだ。そのリンビングのソファで寝そべっていた。由梨恵が僕のそばに立ってニコニコしてる。

「デジマス夏のツアーが終《お》わったよー！　って報告しに、勇太君のおうちに遊びにきちゃいました！　そしたら君が寝てたから、勇太君のお母さんに、起きるまで待っててーって言われて今！」

「あ、そ、そうなんだ……」

芽依《めい》さんから爆弾を落とされたところまでは、覚《おぼ》えてる。でもそっからの記憶がない。

ふと……ソファの前のテーブルに、僕のスマホが置かれていた。

芽依さんからのラインが来ていた。

『ごめんね先生。急にぶっこんで、困惑《こんわく》させちゃって』

そっか……僕は芽依さんからの爆弾発言を、処理しきれずに頭がパンクして……気絶したんだ。寝不足だったことも原因かもしれない。

ラインには仕事があるから戻ることと、変なこと言ってごめんと書いてあった。

いや……でも変なことじゃない、よね。重要なことだった……。

「………」

誰《だれ》が、本命か。そうだよ。結局は決めなくちゃいけないいんだ。

誰か、一人を。

芽依さんにとっては何気ない一言だったろうけど、悩んでいた僕からすれば、誰か一人を今決めろ。そう言われたように解釈してしまって……フリーズしてしまったのだ。

決められないよ、誰か一人なんて……。だって……好きなんだもん……みんな……。

「勇太君どうしたの？　くらーい、こわーい顔してるけど」

由梨恵が心配そうに、僕の顔をのぞき込んでくる。

「君がそんな顔してると……私、いやだなぁ」

由梨恵が沈んだ顔になる。いつも明るい彼女にしては、珍《めずら》しいことだった。

「ねえ……なんで、嫌なの？　僕が、こんな顔をしていると……」

ふと気になって尋《たず》ねてみる。由梨恵はまっすぐ僕の目を見て答えた。

「だってね、私……勇太君のこと、大好きだから！」

由梨恵が真《ま》っ直《す》ぐ、僕に思いをぶつけてくる。

「その好きはね、ＬｉｋｅじゃなくてＬｏｖｅ。あなたが好きだから！」

……この子はどこまでも真っ直ぐだ。

思えば、出会ったときから、彼女は裏表のない笑顔を向けてきた。

「勇太君はどう思ってる？」

「……僕は……」

彼女の問いかけに眩暈《めまい》を感じながらも、僕は今の自分の想いを正直に吐露する。

「僕も好きだよ」

「ほんとっ？」

ああそうだ。好きなんだ。好きなんだよ、由梨恵のことも、

「うん……。でも、ね。ごめん……みんなも、好きなんだ」

アリッサやこうちゃん、そしてみちる。

僕は……みんながみんな、好きなんだ。

誰かを選ばないといけないのに、みんなを好きになってしまっている。

「ごめん、不誠実だよね」

自転車で爆走しても、世界のルールは変わらない。現実からは逃げられない。

ここは日本だ。僕の好きな異世界もののラノベのなかじゃない。

「軽蔑して良いよ」

　だが……。

「え、なんで？」

　きょとん、と由梨恵が目を点にしてる。

「え？」

「え？」

「「………」」

「「え？」」

　なんか、僕も由梨恵も、相手のリアクションが違って、困っているような顔をしている。

「あ、あの……由梨恵？　なんで怒ってないの？」

「怒る？　なんで？」

「いや、だって……由梨恵の告白に対して、みんな好きみたいな、ことといって」

「ん？　それって、怒るようなこと？」

　由梨恵は首をかしげる。

「だって私は単純に、勇太君が好きだよって思いを告げただけだよ？　私があなたを好きなことと、あなたがみんなを好きなことって、別に関係なくない？」

「え、え、そ、そう……かな？」

「そうだよ！　別に勇太君がみんな好きって言っても、私のこの思いは揺るがないもん。それに……」

彼女が笑顔で言う。

「じゃあ、全員と付き合っちゃえばいいじゃん！」

「は？　え、え、ええーー!?」

この子……僕が他に好きな子がいることに、すごい肯定的!?

てか全員と付き合っちゃえばいいじゃん!?

「何言ってるの由梨恵!?」

「え、アリッサちゃんもこうちゃんも、みちるんもみんな可愛《かわい》いし、良い子だもん。みんな幸せになって欲しいもん」

「あ、いや……で、でもね由梨恵さん。ここ、日本。一夫多妻制の異世界じゃないんだけど？」

「え？　なんで、結婚の話になってるの？　別にたくさんの女の子と付き合うのは、誰も禁止してないじゃない？」

いやそうだけど！

「世間からどう思われるかなって……」

「世間の目？　なんで？　他人の目があるかどうかによって、その人のこと好きになったり、嫌いになったりするの、勇太君は？」

がつーん！　とハンマーで殴られたような、気分だ。

そっか……そうだよ。ならない……ならないよ。

そうだよ、誰にどう思われようと……僕は僕だ。

由梨恵も、アリッサも、こうちゃんも、みちるも……みんな好き。

その想いは、僕は変わらない。

由梨恵が僕のことが好きだって想いが、変わらないように。

「由梨恵は……いいの？　他の子と僕が付き合っても」

「うん！　あ、でも知らない女の子とは、できれば嫌だなぁ。アリッサちゃんたちならＯＫ！」

軽いっ。

でも……そっか。

ちょっと……いやだいぶ、気が楽になった。

「ありがと、由梨恵。スッキリしたよ」

「えへへっ、そっか！　良かったねー！」

僕は由梨恵との会話をへて、確信した。

そうだよ、僕がみんなを好きな想いは、まあ世間様から見れば間違いだろうけど……僕の想いは変わらない。

　みんな、好きなんだ。

「でもやっぱ……世間から白い目で見られそう……」

「まー、お金持ってて、人気作家で、女の子と複数付き合ってたら、ねー……でも、いいじゃん！　他人の僻《ひが》みなんて、気にしない気にしない！」

　由梨恵が明るい笑顔で僕に近づく。

「勇太君♡」

　ちゅっ♡

「だいすきっ！」

　……由梨恵とキスをしたとき、僕は……前みたいに、ほかの子たちの顔が浮かんだ。

　でも前は、これがいけないことだと思って、つらくなった。でも……でも今は違う。

　そっか、全員と……付き合っちゃえばいいんだ！　そっか！　そうだよ！　それでいいんじゃん！　苦しむ必要ないじゃん！

「うん！　僕も……由梨恵のこと、好きだよ！」

　……こうして、今年の夏休みの思い出に、最後の一ページが刻まれたのだった。

高校生WEB作家のモテ生活2
「じゃあ全員と付き合っちゃえば」なんて
人気声優が言いだしたので
ハーレム開始
koukousei WEB
sakka no moteseikatsu

あとがき

初めましてのかたは、はじめまして。ウェブ版や一巻からの方はこんにちは。茨木野《いばらきの》と申します。

本シリーズも二冊目になりました。

無事に二冊目が出せたこと、心から感謝しております。手に取ってくださった、興味を持ってくださった、そして応援してくださった皆様のおかげです。

本作、コミカライズの連載が開始しております。ヤングガンガン様で好評連載中です。さとうゆう先生による素晴らしい作画の漫画となっておりますので、よろしくお願いします！

さて二巻の内容ですが、夏休みのお話になっております。

ヒロインたちと夏休みのイベントをこなしていきます。コミケ行ったり、実家に帰ったり、プール行ったり、お祭りに行ったり……。

彼女たちと楽しい時間を過ごすうちに、次第に悩んでいく主人公。どの子も魅力的で、誰を選べばいいいんだ！　と悩んでいるところに爆弾が投下されて……みたいな。

一巻のような作家無双というより、ラブコメメインな巻となっております。


続いて、謝辞を。

改稿に的確なアドバイスをくださった編集様。

素晴らしいイラストを付けてくださった一乃《いちの》ゆゆ様。

そしてなにより、この本を手に取ってくださっている読者の皆様。

この本が世に出せたのは、皆様のおかげです。ありがとうございました！

最後に宣伝です。

私は別の出版社様ですが、『左遷《させん》された無能王子は実力を隠したい』というシリーズを出版しております。

こちらはファンタジーですが、すごい主人公が無双する、というカミマツくんと同じようなコメディとなっております。よろしければこちらもお楽しみいただければと思います。

それでは、また皆様とお会いできる日まで。

二〇二二年七月某日　茨木野

ファンレター、作品の
ご感想をお待ちしています

〈あて先〉

〒106－0032
東京都港区六本木2－4－5
SBクリエイティブ（株）
GA文庫編集部 気付

「茨木野先生」係
「一乃ゆゆ先生」係

本書に関するご意見・ご感想は
右のQRコードよりお寄せください。

※アクセスの際や登録時に発生する通信費等はご負担ください。

https://ga.sbcr.jp/

高校生WEB作家のモテ生活 2
「じゃあ全員と付き合っちゃえば」なんて人気声優が言いだしたのでハーレム開始

発　行　　2022年9月30日　初版第一刷発行
著　者　　茨木野
発行人　　小川 淳

発行所　　SBクリエイティブ株式会社
〒106－0032
東京都港区六本木2－4－5
電話　03－5549－1201
03－5549－1167（編集）

装　丁　　鈴木亨

印刷・製本　中央精版印刷株式会社

ISBN978-4-8156-1338-9
Printed in Japan　GA文庫

お隣の天使様にいつの間にか駄目人間にされていた件7

著：佐伯さん　画：はねこと

GA文庫

夏休み明けの学校は、文化祭に向けて少し浮ついた空気が漂っていた。クラスメイトは周と真昼のカップルらしい雰囲気に慣れてきたようで、生暖かく見守られている日常。

文化祭では周のクラスはメイド・執事喫茶を実施することになった。“天使様”のメイド服姿に色めき立つクラスメイトを見やりながら、真昼が衆目に晒されることに割り切れない想いを抱える周。一方、真昼は真昼で、周囲と打ち解けて女子の目にも留まるようになった周の姿に、焦燥感をかきたてられつつあった……

可愛らしい隣人との、甘くじれったい恋の物語。

リモート授業になったらクラス1の
美少女と同居することになった2
著：三萩せんや　画：さとうぽて

GA文庫

「お姉ちゃんと住むって決めたもん」

とある事情からクラス1の美少女・星川遥と同棲する事になった高校生・吉野叶多。クラスメイトには内緒で隣り合って受けるリモート授業の緊張感にも慣れてきたある日、二人の家にやって来たのは遥を小学生に戻したかのような美少女・真悠だった。新たな同居人の登場でますます進化する遥の誘い受けと、うっすらと現れ始めた終わりの——緊急事態宣言が解除される——日の予感。

二つの変化に思わず叶多は——。

「俺が星川のこと、めちゃくちゃにするとか思わないのか？」

誘い受け上手なお嬢様と加速するイチャ甘同居ラブコメディ第2弾！

試読版は
こちら!

試読版は
こちら!

第15回 GA文庫大賞
GA文庫では10代～20代のライトノベル読者に向けた
魅力あふれるエンターテインメント作品を募集します！
世界を書き換えろ！
イラスト／ファルまろ
大賞賞金300万円＋ガンガンGAにてコミカライズ確約！
◆募集内容◆
広義のエンターテインメント小説（ファンタジー、ラブコメ、学園など）で、日本語で書かれた未発表のオリジナル作品を募集します。希望者全員に評価シートを送付します。
※入賞作は当社にて刊行いたします。詳しくは募集要項をご確認下さい。
応募の詳細はGA文庫公式ホームページにて
https://ga.sbcr.jp/